JN014673

月のケーキ

ジョーン・エイキン

三辺律子・訳

東京創元社

月のケーキ　目次

月のケーキ

孫のベロウとエミールへ

月のケーキ

Moon Cake

トムは、祖父のうちへいって数か月過ごすことになったが、ひどく気が重かった。祖父は、ウェアオンザクリフという村の医者だった。別に、祖父のことがいやなわけではない。口数が少なく、耳もよくなかったが、今もちゃんと患者さんのどこが悪いかわかったし、たいていは治すことができた。だから、問題は祖父ではない。別のことだった。

まず、ウェアオンザクリフは、どこか気味の悪い小さな村だった。けわしい丘の中腹にあって、古めかしい石造りの小さな家が斜面にしがみつくように並ぶさまは、屋根瓦《がわら》にへばりついている苔《こけ》を思わせる。そうした家のあいだをおりていく道は、やがて石段になりふもとの小さな入り江までつづいていた。

ほかに、村から出る道はなかった。もちろん、海は別だ。入り江を出た先に、ほとんどいつも霧で隠れている島があった。けれども、いく者はいなかった。

ウェアオンザクリフ村へいくには、ウェアインザウッズの森を抜ける道を車で一時間ほど走ることになる。森は大きくて暗く、あちこちに自然のもたらす危険がひそんでいる。特に、巨大で獰猛《どうもう》なオオカミたちは、たいていの車より速く走ることができる。なので、ウェアオンザクリフへいくときは、窓を閉め、ドアをロックして、全速力で車を走らせなければならない。そのため、村にくる人はほとんどいなかった。

「そもそもどうしてくるのか、わからないよ」トムはぼそりと言った。

祖父はなにかを考えているような顔でじっとトムを見た。

「希望を失ったから、くるのさ」

村の人たちは、あまりお互いに交わることなく、暮らしていた。舟で漁をする者もいれば、急な斜面に畑を作っている者もいる。村人たちは石塀《いしべい》にすわって、かすみのかかった海や、島を覆い隠している霧をながめるのだった。

グラントという名の男がトムに教えた。「ひと月に一度、そう、ひと月に一度、月の出ない夜に、島から一艘《そう》の舟が桟橋にやってくる。そしてまた、島へもどっていくんだ」

「だれが乗っているの？」トムはたいして興味もひかれないまま、たずねた。

トムは、グラントさんの手伝いをしていた。ほかにやることもなかったのだ。グラントさんは、家の狭くてじめじめした部屋のあいだの壁を壊しているところだった。

「だれも知らないんだ。海で死んだ船乗りの幽霊だと言う者もいる。もしくは、入り江でおぼれた者だと」

　グラントさんは、大きなハンマーで居間と台所のあいだの壁にものすごい一撃を食らわせた。たちまち天井にひびが走り、大きくたわんだ。

「思うんだけど、この壁をとったら、家が崩れちゃうんじゃないかな。この壁が屋根を支えてるんだと思うんだけど」トムは言った。

「やむをえない。広い部屋が必要なんでな」グラントさんはまたもや、強烈な一打をふりおろした。

　天井の一部がごっそりと落ちてきて、トムとグラントさんは屋根が崩れる前に、ぎりぎりで外へ逃げ出した。

「別の使われていない家を探さなきゃな」グラントさんはため息をついた。「また最初からやり直しだ。空き家がたくさんあって、よかったよ」

「どうしてそんな広い部屋がいるの？」

「おれは十二年間、刑務所にいたんだ」グラントさんは道具を集めながら言った。そして、また別の、だれも使っていない家に向かって斜面をくだりはじめた。「やってもいない罪でな。ベッドくらいの大きさしかない独房に閉じこめられてた。だから、これからは、いくら広くても広すぎるってことはないんだ」

「そういうことか」トムは言ったけれど、本当はどういうことかぜんぜんわかっていなかった。斜面をおりていくグラントさんの先を見やると、祖父の姿が目に入った。祖父はいつも夕方のこの時間になると、石造りの桟橋までいって、二十分ほどじっと立って、入り江のカーブした岩だらけの海岸を見つめていた。海岸はゆるやかに下り、防波堤を越えたあたりで海の中に消えていた。今は引き潮で、緑色の海藻《かいそう》に覆われたうろこ状の岩のあちこちに真っ白いカモメがとまり、腹をすかせてけんかしていた。

「どうしておじいちゃんは、ああやって毎日必ず夕方に海へいって、ぼーっとながめているの?」トムはクエストさんにきいてみた。クエストさんは毎日やってきて、「お医者の先生」のために掃除や料理をしてくれていた。

「幽霊を見ているんですよ」クエストさんはオーブンからパイを出しながら言った。

「なんの幽霊?」

「馬に乗った若い女性の幽霊です」

「どうして知ってるの?」

「おやまあ! 先生はこの四十年間、毎日ああやってらっしゃるんですよ。だれだって、知ってますよ」クエストさんは、ゆでたカブをつぶしはじめた。「幽霊は北の岬からカーブした波打ち際をやってくるんです。歌いながらね。それから、しばらく浜辺で休んだあと、子馬《ポニー》に乗ったまま、沖へと出ていくんですよ」

「どうして？　そのままもどってこないの？」

クエストさんはうなずいた。

「前は、本物の人間だったの？」

「そんなこと、だれにもわかりませんよ。でも、だれだってかつては本物だったんだと思いますよ」

クエストさんは玄関へいって、夕食を知らせる鐘を力強く鳴らした。歳老いた祖父は、波止場にいたが、鐘の音を聞くと、足を引きずりながらゆっくりと坂をのぼってきた。

「クエストさんはどうしてこの村で暮らすことにしたの？」祖父がゆっくりと歩いてくるのを見ながら、トムはたずねた。「むかしからここに住んでたわけじゃないでしょ？」

「ええ、ちがいますよ。それはですね、うちの人がいやになっちまったんですよ、前に住んでたところのことをね。っていうのも、そのころ、うちの人は仲間二人と宝さがしをしてたんです。金属探知機をもって、地面に埋まっている金だかそんなものを探してたんですよ」

「見つかったの？」

「うちの人はだめでしたよ。だけど、仲間の一人が見つけたんです、畑でね、みんながいたときに。金の延べ棒をまるまる二キロ、掘りあてたんですよ。信じられないでしょう？　青銅器時代の領主が隠し穴に埋めてたんですよ。ほかにも、腕輪やブローチも出てきたんです。うちの人はひどくがっかりしちまいましてね。自分じゃなくて、仲間が見つけたものだから。もうそこでは暮らせないって言いだしたんです。それで、ここにきたんですよ」

「仲間の人がわけてくれたかもしれないのに」トムは顔をしかめて、おもむろに言った。

「いいえ、それはないですよ。というのも、前もって決めてあったんです。見つけた人がもらうってね。うちの人も前に古い剣のかけらを見つけて、それは取ってあったんです。だけど、おとなりがそんな宝を見つけてからは、なにもかもが気に入らなくなっちまったんですよ。だから、引っ越したんです」クエストさんはため息をついた。

「そういうことか」トムは言ったけれど、本当はどういうことかぜんぜんわかっていなかった。

次の日、トムはまた別のシャープさんという近所の人を手伝いにいった。シャープさんは、庭の花壇から雑草のからみあった根っこを掘り出そうとしていた。

「まだここにきて、そんなにたっていないみたいですね?」トムは、手入れのされていないイバラだらけの庭を見て、たずねた。

「そうだよ。先月越してきたばかりだ」

「どうして引っ越してきたの?」

「ああ、それは、法律のせいなんだ。となりに住んでいた男がね、犬を飼っていたんだ。ワンワン、ワンワン、吠えたててね、鳴きやみやしない。頭がどうかなりそうだった。毎日毎日、何か月もだ。彼にそのことを伝えた。ていねいにね。それから、文句を言って、さらに苦情を申し立てたが、やつはこれっぽっちも気にかけなかった」
「それで?」

「こっちも庭で豚を飼いはじめたんだ。美しい豚を二十四、グロスターシャー・オールド・スポットという品種だ。そのうち、ミニーとわたしはすっかり豚たちのことがかわいくなってね。ところが、となりの男ときたら、イライラしはじめた。なにも察しやしないんだ。豚のせいでネズミが出たとか、においがひどいとか、言ってね。もちろん、言ってやったさ。豚というのはたしなみのある動物で、あんたやわたしたちと同じくらい清潔なんだから、ようすを見ろとね。ところが、やつは法に訴えたんだ。われわれが嫌がらせをしているだと。多額の賠償金《ばいしょうきん》を払わなければならなかったよ。豚をぜんぶ売らなきゃならなかったんだ」

「じゃあ、ここで豚を飼うつもり?」

「斜面が急すぎる」シャープさんは暗い顔で裏のけわしい斜面をながめた。「豚が足をふみはずすかもしれない。そうなったら、一気に下の入り江まで転げ落ちてしまうからな。ヤギだな。そうだ、ヤギならここでも飼える。豚はむりだ。だが、わたしはヤギは好きじゃない」

シャープさんは腹立たしげにシャベルを土に突き刺した。

その夜、夕食の席でトムはたずねた。「おじいちゃん、おじいちゃんはどうしてウェアオンザクリフで暮らすことにしたの？　ずいぶんむかしのことなんだよね？」

トムは、高すぎもせず低すぎもせず、一定のトーンでしゃべるようにすると、耳が悪い祖父でも聞きとれることに気づいていた。

祖父はじっとトムを見つめた。

「どうしてわたしがここで暮らすことにしたか？　自分勝手な理由だよ。そのころ、わたしはまだ若かった。若いときというのは、強烈な感情に支配されてしまうことがある。呆れるほど愚かなことをしてしまうものなんだ。おまえもじきに、わかるだろう。わたしはおまえのおばあちゃんと幸せな結婚生活を送っていた。だが、ある若い女性を好きになってしまったのだ。それも、彼女の姿かたちだけで！　話したことすらなかった。その人のことなど、なにも知らなかったんだ。だが、わたしは四方八方手を尽くして、医者の仕事口を探して、双子が生まれる寸前だったおまえのおばあちゃんをむりやり連れて、このウェアオンザクリフに移り住んだんだよ」

「それから、どうなったの？」

「なにもなかったとも言えるし、あらゆることが起こったとも言える。双子のエドワードとポールが生まれた」

「ぼくには、ポールっていうおじさんがいるの？」トムはびっくりした。

「ああ、いたよ。だが、今はもういない。ポールには、同じポールという名の息子もいたが、その子もいない」

「ぼくのいとこってことだね」トムはすっかりおどろいていた。

「もうここにはいないんだ」祖父はぼそりとくりかえした。「おまえのおばあちゃんは、息子たちが十五歳のときに亡くなった。おまえのお父さんのエドワードはここから出ていって、医者になった」

「その若い女の人は?」

「彼女は、北の岬をまわった先にあるとなり村のホープ・ホウに住んでいたんだ。だが、ある日、ああ、いったいどういうことなのか……いきなり馬に乗って海へ出て、そのまま二度ともどってこなかったのだ」

「ポールおじさんは?　いとこのポールは?」

「二人とも……いなくなってしまった。ここでは、人が消えてしまうんだ」

「でも」トムは言いかけた。

「そうだ。でも、だ。でも、わたしは毎日、あの女《ひと》の幽霊が馬に乗って海へ出ていくのを見るんだ。わたしには、あの女《ひと》の姿がはっきりと見えるんだよ。今、おまえのことがはっきり見えているのと同じようにな。なのに、おまえのおばあちゃん——安らかに眠りたまえ!——のことは、一度たりとも見たことがない」

「ポールおじさんは？　息子のほうのポールは？」

「おそらくあの島へいったのだろう。だれにもわからん。おまえの質問にすべて答えることはできないのだ。なぜわたしがここにきたのか？　なぜずっとこの村にとどまっているのか？　わたしがいなくなっても、あの女《ひと》の幽霊は馬に乗りつづけるのだろうか？　いずれ答えはわかるだろう」

「おじいちゃんは、どうしてぼくがおじいちゃんのところにきたか、知ってる？」

「ああ、トム。知っているよ」

「ぼくは、うちを燃やしちゃったんだ。それで、ママとパパは、ほかに住むところを探さなきゃならなくなった」

「ああ、そのことは知っている」祖父は悲しそうに言った。

「わざとじゃなかったんだよ、おじいちゃん」

「ああ、わかっているよ。信じているさ。残念だよ、おまえが生まれたうちは古くて美しかったからね。おまえのお母さんの一族は、五世代もまえからずっとあそこで暮らしていたから」

トムはぱっと立ちあがると、部屋の中を足早に歩きはじめた。

「それってぼくのせい？」トムは強い口調で言った。「あんなご先祖たちをほしいだなんて、ぼくはたのんじゃいない！　壁にずらりと肖像画《しょうぞうが》が、そう、コウモリみたいにぶらさがってるんだ！　首にあんな重荷をさげて生きていきたいなんて、ぜんぜん思ってないのに。ご先祖がどう生きて、なにを、どんなふうにしたかなんてさ！　そんなのどうでもいいよ。うちを燃やしちゃったのは、悪かったと思ってる。そんなことするつもりはなかったんだ。ぜんぜんなかった。ただ、自分の部屋で試してただけなんだ。試してただけなんだよ、爆弾を作ることができるかどうか——」

「どうやら成功したようだね」

「もちろん悪かったと思ってる！」トムはさけんだ。「もちろん思ってるよ！　パパたちにもそう言ったんだ！　だれも死ななくて本当によかった。だけど、だからどうしろっていうわけ？　元通りにすることなんてできるわけない——」

するとドアをノックする音がした。

「ぼくが出る。患者さんだったら、なんて言えばいい？」

「診療室に回るよう、言ってくれ」

しかし、ノックの主は患者ではなかった。

ドアの外には、色あせた黒い服に身を包んだ、やせた女の人が立っていた。髪もあせた感じの黒で、もつれた毛が輪郭《りんかく》のはっきりした骨ばった顔を覆っている。目は緑色だった。

「こんばんは、ぼっちゃん。あたしのことは知らないだろうけどね、あたしはおまえさんのことを知ってるよ。あたしは、ミセス・リーというんだ、ミセス・ラリーデイ・リーだよ。村のいちばん上の家に住んでるんだ。車輪のついた家だよ」

「ああ、わかります」トムは目を輝かせて言った。「いつもどんな人が住んでるんだろうなって思ってました。それに、あの家はどうやってあそこまでいったんだろうって」

「それに、だれがあの絵を描いたんだろうって思ってたんだろう、わかるよ！」

車輪のついた家の外壁は、濃いブルーや赤や金の鮮やかな色で描かれた大胆な絵で埋め尽くされていたのだ。

「祖父にご用ですか？」トムはたずねた。

「いいや、あたしはおまえさんに会いにきたんだよ」

「えっ」トムはおどろいた。「でも、祖父にも伝えたほうがいいかも」そして、台所のドアから顔だけ出すと、祖父に向かって言った。「おじいちゃん、ラリーデイ・リーさんがいらしたよ。ぼくに用があるんだって」

スプーンですくったプラムプディングを口へ運ぼうとしていた祖父の手が、ぴたりととまった。しばらく沈黙がつづいたのち、ようやく祖父は口をひらいた。「もちろん、いつかはくる運命だったんだ。そして、おまえも彼女に会う運命だった。いいだろう。わたしに言うことはなにもない。今の時点ではな」

トムがふしぎに思いながら玄関へもどると、ミセス・ラリーデイ・リーはまだ、くつろいだようすで石段の上に立っていた。その姿は、これまでの人生で、いくたびも玄関先に立ってきたかのように見えた。

「大丈夫だったろう?」ミセス・リーはほほえんだ。「おじいさんが反対するはずがないとわかっていたんだよ。さてと、じゃあ、用件を話そうかね。これからなにをするか。あたしは、月のケーキを作るつもりなんだ」

「月のケーキ? それはなんですか?」

「月のケーキはね、ごく特別な方法でしか作れないんだよ。そして、特別な人間にしかね……。あたしは、その一人なんだ。山のような材料がいるんだよ。桃に、ブランディに、クリーム。タツノオトシゴの粉。グリーングラスツリー・カタツムリをひとつかみ。そして、ケーキは月が満ちる夜に作らなければならない。材料は月の光をたよりに混ぜ合わせる」ミセス・リーはもったいぶった調子でつづけた。「そして、月が完全に見えなくなった夜に、食べなきゃならないんだ」

「島へいく舟と同じだ」トムは思い出して、ぼそっと言った。

「なんだって? ああ、そうだね。だが、あたしのケーキとはまったくなんの関係もないよ」ミセス・ラリーデイ・リーは少し機嫌を悪くしたように顔をしかめた。

「でも、それってなんのためのケーキなんですか？　どうしてそんなにたくさん決まりがあるの？　わからないよ」

「なんのためのケーキかだって？　いいかい、知りたがり屋さん、あたしのケーキはね、一世代に一度きりしか、作ることも食べることもできないもんなんだよ。そう、あたしのケーキは、そのへんのトムやらハリーやらがだれでも食べられるってわけじゃないんだ。まあ、今回はトムという名の子がたまたま食べられることになったわけだけどね」ミセス・リーがニヤッと笑うと、浅黒い顔からずらりと並んだ見事に真っ白な歯がのぞいた。「なんのためのケーキかって？　それはね、時計の針をもどすためさ。そのために決まってるよ、もちろんね！」

「それって、どういう意味ですか？　やっぱりよくわからないんだけど」

そのとき、クエストさんが通りかかった。急いでいるようすで、自分の家へ向かって歩いていく。トムはびっくりした。いつもはにこにこしているクエストさんの顔がひどくよそよそしげだったからだ。クエストさんは、ミセス・リーの横を通るときさっとスカートを引き寄せ、なにも言わずにせかせかといってしまった。

「何度聞いたか、わからないね」ミセス・リーはぐっと目を細めてトムを見た。「数えきれないほど聞いたよ、あわれっぽい調子で『ああ、もう一度、元の状態にもどすことができたら！』って嘆くのをね」

「元の状態」トムはおもむろにくりかえした。

「元の状態だよ、悪いことが起こるまえってことさ。刑務所に送られるまえとか、友だちが金を掘りあてるまえとか、おとなりとけんかするまえとか、恋に落ちてはいけない相手に恋をするまえとかね。子どもが死ぬまえっていうのもあるね！　子どもの死っていうのは、若い親たちにとってなによりも耐えがたい出来事だからね。そういう親をそれこそ何人知っているか……うちが燃えるまえっていうのもあるね」

「うちが燃えるまえ」

「わかったかい？　ようやく頭がついてきたようだね。どういうことか、理解してきたろう。さあて、あとは、あたしが月のケーキを作るのを手伝うだけだよ。おまえさんくらいの年齢の子の手伝いが必要なんだ」

「手伝う？　どうやって？」

「三人の友だちに手伝ってもらわないとならないんだよ。むかしから、そう決まってるんだ。一人がブランディを持ってきて、もう一人がタツノオトシゴを持ってくる。甲板《こうばん》に覆われている小さいやつだよ。粉にするんだ。あと、もう一人はグリーングラスツリー・カタツムリを持ってくる。おまえさんの仕事は、それだよ」

「グリーングラスツリー・カタツムリ？」そんな名前は聞いたことがない。「いったいどこで見つければいいんですか?」

「おや、崖のてっぺんに生えてるブナノキの下を探せば、簡単に見つかるよ」

「あんなところへいったら、危ないんじゃないかな?」オオカミが生息している森は、内陸からずっと崖までつづいているのだ。

「ああ、おまえさんは大丈夫さ。もちろん、森のオオカミは一匹残らずおまえのおじいさんのことを知っているし、尊敬しているからね」

トムは信じられなかったけれど、臆病者《おくびょうもの》だと思われるのはいやだった。

「どんな姿をしてるんですか? そのカタツムリのことですけど」

「ちいちゃくて、緑色に光ってるんだ。名前のとおりだよ。緑のガラスのような殻《から》を持ってる。小粒の真珠《しんじゅ》くらいの大きさで、殻は水かガラスみたいに中身が透けて見えるんだよ」

「何匹必要ですか?」

「十二匹だ。縁起をかついで、十三ってことにしておこうかね! ブナの木の根元のあたりか、幹にくっついているからね。天気のいい日に探すのがいいよ。そうすれば、小さな殻がちらちら光ってるのが、見えるからね。一匹目を見つければ、あとはどんどん見つかるよ。それで、あたしのところへ持ってくれれば、あたしが月のケーキを作る。あとは、お楽しみってわけだ」

ミセス・リーの目に奇妙な光が宿った。トムは言った。「これまで何度も月のケーキを作ったんですか?」

「そんな機会はなかったけどね、ばあさまから作り方を教わったんだよ。元の状態にもどりたいと願っている人たちを助けるためにね」

「もどりたくないと思ってる人は?」

「ああ、そういう連中は満足できてるんだ、そうだろう? だけど、そんな連中のことは関係ないよ! いいから、カタツムリを探しといで。ジャムの空き瓶かココアの空き缶を持っていくといい。ズボンのポケットで粉々になっちゃ、困るからね。捕まえたら、あたしのうちまで持っておいで。そうしたら、絵を見せてあげよう。表だけじゃなくて、家の中の絵もね」

そして、ミセス・リーは丘をのぼっていった。トムは食事のつづきをしに台所へもどった。

「さて」祖父はごわごわした眉の下から突き刺すような目で孫を見つめた。「ミセス・リーはなんと?」

「月のケーキを作りたいんだって」

「月のケーキ」祖父はひどくいやそうにくりかえした。「とうぜん子どもに手伝ってほしいと言ったんだろうな。おまえに」

「うん」トムは答え、ためらいがちにたずねた。「手伝っちゃ、だめ?」

「だめかって? いいも悪いも、わたしにそんなことを言う権利はない。止めはしない。自分で自分の道は選ばなければ。だが、あの女がおまえのためにやっているとは思うな。そうじゃない。あの女にはあの女の理由があるんだ。ほかにだれが手伝うことになるんだね？　グラントさん？　シャープさんか？」

「知らないよ」

「クエストさんじゃないだろうね？」

「クエストさんはやらないと思うよ」さっき通りかかったときのクエストさんのいやそうな表情を思い出して、トムは言った。

「だといいが」そして、祖父はそれが関係あるかのように付けくわえた。「クエストさんの旦那さんは、去年亡くなったからな」

次の日は、これまでのウェアオンザクリフと同じような太陽が出ていた。つまり、弱々しい太陽が霧のあいだから疑い深げにのぞいている。トムは、祖父のタバコの葉が入っていた古いブリキの缶を持って、丘をのぼっていった。家々の前を通りすぎ、キャベツが並んだ畑を抜け、ハリエニシダで覆われた山腹を越えると、森が現れた。ブナの大木が、前衛部隊のように立ちはだかっている。しかし、一年のうち十か月間吹き荒れる西風のせいで、まっすぐは立っていられず、東のほうにかたむいていた。頂上あたりの木々のこずえは、古代ローマのかぶとの羽根飾りのように斜めになっている。

トムはほんの少しだけ、森に入ってみた。奥まではいかなかった。オオカミがいるからだ。先のほうを見やると、森は黒々として、木の幹と幹のあいだがどんどん狭くなり、頭上に葉が覆いかぶさって陽の光をさえぎっていた。足元の土はもろもろとやわらかく、深い茶色をしている。何十年ぶんもの落ち葉が腐ってできたものだ。

永遠。木々のあいだをひそやかに歩いていると、その言葉が頭に浮かんできた。この森は、**永遠**にここにあるんだ。この森を元にもどすことなどできない。なぜなら、むかしからずっとこうだったのだから。

そのとき、夢のことを思い出した。

夢のことを思い出したのは、舌がまだ腫れてひりひりしていたからだ。夢があまりにおそろしくなると、トムは舌をぐっと嚙んで、夢から覚める。昨日の夜の夢も、そうした夢だった。森の中にいるのだが、森はなみなみと水をたたえている。木々のあいだを、見るもおそろしい巨大ザメが泳ぎまわっている。背中は真っ黒で、なめらかに突き出たおそろしげな下あごは真っ白く、ぎらりと光る鋭い歯がずらりと並んでいる。

トムはおそろしい夢を思い出して、足を止めた。むかしは、この崖の上も海だったのかもしれない。ぼくが今いるところも、深い海の底だったのだろうか。そのころは、月はあった？　今のように空の上に？

トムは足元を見た。すると、何匹ものマムシがのたくっている。まだ子どもで、兄弟姉妹たちがいっぺんに卵からかえり、互いにからみあって、身をよじりくねらせている。右足からほんの靴ひとつぶんのところだ。

トムは息を止めて、じっと立ちつくした。恐怖で皮膚が冷たくなる。ヘビは大嫌いなのだ。それに、これは毒ヘビだ。ひと嚙みとは言わないが、五、六回も嚙まれれば――そう、これだけヘビがいるのだから、このうち数匹に嚙まれれば、あっという間に死んでしまうだろう。トムは用心深くそろそろと、足をおろす場所に注意しながらうしろへ下がりはじめた。と、そのとき、そこいらじゅうのブナノキの実にグリーングラスツリー・カタツムリがくっついているのに気づいた。きらきらとエメラルドのビーズのように光っている。ブナノキの根元にも、幹にもいる。

それと同時に、うしろにもマムシたちがいるのに気づいた。くるくると美しく端正なとぐろを巻いて真ん中に頭をもぐらせ、気持ちよさそうに眠っているものがいる。ブナの落ち葉の中を迷いなくゆうゆうとしたようすで這っていくものもいる。かと思えば、かまをもたげ、ためらいがちにくねらせているものもいた。トムはそのマムシからじゅうぶんに離れると、別の方向へ向かって歩きだした。だれかに似ているような気がしたが、はっきりとだれとは思い出せない。オオカミは見かけなかった。

これだけあれば間に合うだろうというくらいカタツムリを集めると、トムは引きかえした。森を出て明るい日差しのもとへ出ると、ほっと胸をなでおろす。そのまま丘をくだって、村を抜け、石造りの波止場までいくと、祖父がいつものように海をながめにきていた。

祖父が一心に見つめているほうを見たが、浜にはなにも見えなかった。「おじいちゃん、その女の人がいるの？　おじいちゃんが言ってた若い女の人」すると、祖父は浜のほうに顔を向けたまま、答えた。「ああ、いる」

二十分後、丘の上の家でクエストさんが夕食を知らせる鐘を鳴らした。祖父と孫はゆっくりと丘をのぼりはじめた。「トム、例のカタツムリは見つかったか？」祖父がたずねたので、トムは答えた。「うん、ほら。きれいだよね？」

「月のケーキに入れるにはもったいないくらいきれいじゃないか？」祖父はブリキ缶の中をのぞきこんだ。「せめて生きているものは、入れたくないと思わないか？」

「考えてなかった」トムは言った。

殻が透けているので、中のカタツムリがまだ生きているかどうかは、すぐに見分けられた。夕食のあと、日が暮れつつある丘をトムは森の外れまで走ってのぼっていって、生きているカタツムリを元の住処へもどしてやった。それでもまだじゅうぶんな数が残っている。それから、また引きかえし、今度は車輪のついている家のほうへ斜めにくだって、キイチゴやスグリに覆われた荒れ果てた庭に入っていった。

「ミセス・リー！　カタツムリの殻を持ってきたよ！」トムは大きな声で呼んだ。

するとこ、車輪のついた家のはしのドアからミセス・リーが顔を出して、にんまりしながら石段を三段ほどおりて言った。

「ああ、おまえさんか！　どれ、見せてごらん！」

ミセス・リーは、元はタバコの入っていたブリキ缶をのぞきこんだ。「ずいぶんたくさん集めてきたじゃないか。ただ生きているカタツムリがいないのは、残念だね。ケーキがますます新鮮になるんだがね」

「へえ」

「グラントさんがタツノオトシゴを持ってきたから、あとはシャープさんの桃とブランディを待つだけだ……。今夜は、満月の前日にあたる。つまり、ケーキの材料を混ぜるには、もってこいの夜ってことだよ」

「混ぜる器はなにを使うんですか?」

「なんだって、そのへんにあるものでいいんだよ！」ミセス・リーは派手に笑った。「警官の使う盾からベビーバスまでね。だが、材料を混ぜるスプーンは、ハシバミの木で作ったものじゃなきゃいけないんだ。ほかのものじゃだめだよ。あと、月の光も混ぜないとならない。ぴったり九九回。それ以上多くても少なくてもだめだ。だから、かき混ぜるのはあたしだけでやる。だれにも手伝ってもらうわけにはいかない。じゃないと、気が散って、いくつまで数えたかわからなくなっちまうからね」

トムは、それなら簡単だと思った。

どこで作るんだろう、と思ったけれど、きくのはやめておいた。

けれども、ミセス・リーはトムがなにを思ったか、わかったようだった。「あたしがどこで材料をまぜるのか、知りたいんだね。だが、教えることはできないよ。おまえさんがこっそりのぞきにきたせいで、そちらに気を取られちまうかもしれないだろ。だから、知らないのがいちばんだよ。だけど、混ぜるのに使うボウルは見せてあげよう。中に入っておいで」

そこで、トムはミセス・リーのあとについて車輪のついた小屋に入っていった。内側も外側と同じように派手な色に塗られている。だが、ほこりだらけで、かさ張るものがところせましと置かれていた。はたおり機につむぎ車、銅製の大がま、ゆりかごに、さまざまな道具、ランプに古い服、台所用品といった雑多なものであふれている。グラントさんは気に入らないだろうなと、トムは思った。こんな狭くて散らかっていて、ほこりだらけのところで暮らすなんて、ぜったいにがまんできないはずだ。あのゆりかごに赤ちゃんが寝ていたのは、はるかむかしにちがいない……

すると、またトムの考えを読んだかのように、ミセス・リーは言った。「ああ、そうだよ、赤ん坊がいたんだ。はるかむかしに、あのゆりかごで眠っていたのさ……。だが、歩けるようになると、よちよちどこかへいっちまったのさ。たぶん、海へね。それっきり帰ってこなかったんだよ」

ミセス・リーの笑みが一瞬、消えた。しかし、すぐにまたにこやかな顔になってうなずくと、言った。「今夜、ケーキの材料を混ぜよう。そして、明日パン屋のペンテコステさんのところへ持っていって、焼いてもらうんだ。うちには、ケーキが焼けるような大きな窯がないからね。ペンテコステさんは、ちゃんとしかるべく焼いてくれるんだ。ゆっくりと慎重にね。焼きあがったら、十日間置いておかなきゃならない。そして、十日目に、おまえさんたちは手伝った礼に一切れずつ、もらえるというわけだ。ほら、これをボウル代わりにして材料を混ぜるんだ。ベビーバスだよ」

そのベビーバスは古いもので、あせたブルーのコンクリ紙製だった（十九－二十世紀に一部でつかわれていたコンクリ紙製のベビーバス。ホーローなどで加工してあるものもあった）。トムは一瞬、中に小さな幽霊がいて、ミセス・リーをじっと見ているような気がした。

不安な落ち着かない気持ちになり、ミセス・リーのゆっくりしていくようにという誘いも断って、トムは走って祖父の家にもどった。

次の日はむしむしして、今にも雷がきそうな天気だった。トムは一日じゅう、ペンテコステさんの窯でゆっくりと焼けていくケーキのことばかり考えていた。ペンテコステさんは村でいちばんの年寄りだ。ウェアで生まれ、子どもたちやそのまた子どもたちが生まれては去っていくのを見てきた。たまに丘にのぼってきて、トムの祖父とチェスをすることもあった。ペンテコステさんの窯は巨大で、壁の中に造られていた。村人が持ってきたものは、お菓子でもパンでもパイでも誕生日ケーキでもなんでも、焼いてくれる。お客が持ってきたものになにか意見を言うこともなく、だまって大きなへらにのせて窯に入れ、焼きあがると、またへらで外に出した。「おれの窯は百年まえのものなんだ。百年後にも、このままあるだろう。人間がパンを焼かなくなることは、ぜったいにないからな」

村にはたいてい、焼きたてのパンのにおいが漂っていて、波止場の、海藻の香りを含んだ塩気まじりのにおいとせめぎあっていた。

しかし、ミセス・リーのケーキを焼きはじめると、そこへまったく別のにおいが割りこんできた。ワインとかビールを醸造《じょうぞう》しているときにも似た、酔うような、カビ臭いようなにおいが、むんむんとたちこめたのだ。トムはそのにおいが好きになれなかった。

ケーキが焼きあがるころには、あたりはすっかり暗くなっていた。ミセス・リーはケーキの上に布をかぶせ、自分の家までそろそろと持ち帰った。

「だめだよ、見ちゃだめだ！」通りですれちがったとき、ミセス・リーはトムに言った。「まだだよ！　寝かせなきゃいけないんだ、十日間ね」

「まるで生き物みたいな言い方だな」トムは心の中で思った。「ケーキが生きてるってことはあるのかな？　小さな人間みたいな形をしてるとか？　考えることができるのかな？」

頭の上で雷が鳴りひびいた。

「近いうちに嵐がきそうだな」ペンテコステさんは柄の長いブラシで窯に残ったケーキのくずを受け皿に集めながら言った。「さあ、トム、このケーキのくずを崖に捨ててきてくれ。カモメたちが喜ぶだろうからな」

トムは焦げたにおいのするケーキのくずを持っていって、崖の上から砂浜へ向かって投げ捨てた。けれども、カモメたちは見向きもしなかった。

「まあ、すぐに潮が洗い流してくれるだろう」トムが報告すると、ペンテコステさんは言った。「清潔好きの潮がきれいさっぱり持っていってくれるさ」

「ミセス・リーの月のケーキのこと、嫌いなの？」トムはたずねた。

ペンテコステさんは白い眉の下から、トムのことをじっと見つめた。

しばらくしてから、ペンテコステさんはやっと答えた。「商売は商売だからな。おれは、焼けとたのまれたものは焼く。だが、答えはイエスだ。あのケーキのことは好きじゃない。材料がよくない。この村から少しでも早く消えてくれれば、安心だ。あの家で、まるで磁石か、じゃなきゃ弓矢の的みたいにじっと待ってるんだ。厄介事を引き寄せてる。あのケーキを舟にのせりゃ、サメどもが追いかけていくだろうさ。血のにおいを追いかけるようにね」

「サメ？」

「もののたとえさ。サメ以外にも危険なものはやまほどいる。さあ、とっとと家に帰って、お休み。おじいさんに、近いうちにおじゃまするると言っておいてくれ。チェスをすると、気持ちが落ち着くからね」

トムは走って祖父の家にもどった。その夜は、まだ嵐はこなかったが、ゴロゴロとかすかな雷鳴がしゃっくりのように時おりひびき、パチパチと幕電がひらめくのが見えた。それから十日のあいだ、雷を含んだような、どんよりとした蒸し暑い空気が村を覆い、狭い通りという通りに、生焼けのパンのような樹脂を思わせるケーキのにおいがしみついて、いっこうに消える気配はなかった。月が小さくなるにつれ、においは強くなっていった。トムは月が好きだったのに、今では空のすみでカビが生えて腐っていくようにしか見えなかった。

十日目の午後、トムは村の通りでミセス・リーと会った。

「さてと、今夜があたしたちのピクニックだ。どうだい、トム？」ミセス・リーは歯をぜんぶ見せてにやりと笑った。「おまえさんとあたしと二人のお仲間と浜辺でいっちょ大騒ぎといこうじゃないか？　あそこの階段をひょひょいとおりておいで、十一時半にね。そうしたら、浜辺に用意してある。あとはお楽しみってわけさ！」ミセス・リーは目を輝かせた。

けれども、トムは言った。「ミセス・リー、ぼくはピクニックにはいきません」

ミセス・リーの表情ががらりと変わった。冷ややかなヘビのような目が、ひたとトムを見据えた。「おじいさんがだめと言ったんだね？　そうだろ？　え？」

「いいえ、ちがいます。気が変わったんです。やってしまったことはやってしまったことだから。それでも、人生は進んでいく。そうじゃなきゃ、まるでただのゲームだもの。だけど、これはゲームじゃない」

「後悔するよ」ミセス・リーは吐きだすように言った。「ああ、心の底から後悔するだろうよ。自分じゃ、すっかりかしこいつもりみたいだがね！　この丘のみんなが心からの望みをかなえてるのに、おまえだけさ！　やつも後悔することになるよ！」ミセス・リーは去っていくトムの背中に向けてわめいた。「うぬぼれもいいところだよ、やつはね！　いい気なもんだ！　やつの望みも消え失せるんだよ！」

「ええ、わかってます。じゃあ、さようなら」

トムはそのまま祖父の家までもどった。老人二人は、チェスをしていた。

「もう寝るよ」トムは言った。祖父のごわごわした眉が跳ねあがった。

「ケーキをもらわないことにしたのか？　かしこい子だ！　もっといいものが、身近にあるさ」

祖父はさらになにか言ったけれど、トムは二階にあがっていくところだったので、聞きそびれた。最後の最後、とか、なにがあるかわからない、とか、そんなことみたいだったけれど。

トムはベッドにもぐりこむと、あっという間に眠りに落ち、夢も見なかった。しかし、数時間後にふっと目を覚まし、窓まで歩いていって、ひざをつき、石造りの窓辺にひじをのせて下のほうに見える砂浜に目をやった。月は沈み、真っ暗だった。浜辺で燃えている火の先っぽがかすかに見える。すると、沖のほうから、青白い小さな光が波の上をぷかぷかと漂ってくるのが見えたような気がした。舟か？　たき火へ向かってきている？

すると、ドーンと地面を揺るがすような雷鳴が夜のしじまを切り裂いた。次の瞬間、青白い稲《いな》妻《ずま》が、天頂からまっすぐ浜辺のたき火へと走る。そして、しーんとなった。村全体が息をひそめているようだ。

しばらくして、海鳥たちのおどろいたような鳴き声と翼をばたつかせる音が聞こえてきた。そして、巨大な波が押し寄せてきた。

トムは階下の老人たちのところへおりていった。

「こんなことになるんじゃないかと思ってたよ」ペンテコステさんが言った。「おまえもだろう？　自ら墓穴を掘るってことさ、あのケーキを作るのはな」

「浜辺へいってみたほうがいいかな？　ぼくたちにできることがあると思う？」トムは震えながら言った。

「おれたちの手には負えんさ」ペンテコステさんは言った。

「わたしたちの手など必要ないだろう、いずれにしてもな」祖父も言った。「朝になってからいくので、じゅうぶんだ」

翌朝、三人は岩に大きな黒い焦げあとがついているのを見つけた。けれども、昨夜の落雷のあと、潮が一回満ちて引いていたから、砂浜になにかあったとしても、今はすっかり洗い流されていた。

「このままにしておくのがいちばんいい」祖父は言った。

ミセス・リーとグラントさんとシャープさんは、家にはいなかった。

日が暮れるころ、トムは祖父からは見えないように崖の上にすわって、妙な胸騒ぎを覚えながら、いつものように祖父が桟橋参りにいくのを見ていた。トムがじっと見ていると、祖父はひたすら目を凝らすようにして海を見つめ、首をふると、もう一度じっと見つめたが、ついにあきらめて、またゆっくりと家へもどっていった。

「いつもの女の人は見えなかったの？」トムは玄関で祖父を出迎えると、やりきれない気持ちでたずねた。

「ああ」

「だけど、おじいちゃん。その女の人はいたんだよ。ぼく、見たんだ。若い女の人が、灰色のポニーに乗っているのを。あの焦げた岩のむこうだよ。見たんだ。ちゃんといたんだよ」

「わたしの目にはもう、見えなくなったんだ。たしかに、そろそろ忘れないとな。ところで、おまえのお父さんから手紙がきていたよ」そして、祖父は封をひらいて、手紙を読んだ。「新しい家が見つかりました。トムがもどってこられるようになったらすぐに、あの子を迎える準備をしたいと思います」

「ほんとに⁉」

「ああ。おまえもそろそろウェアを出ていかないとな。中断したところから、また始めるんだ。だが、もしかしたらいつかまた、ここにもどってくるかもしれん。そう、だれにもわからんさ」そこで祖父は一度、言葉を途切らせた。「もしもどってきたら、そのときは、あの女《ひと》がおまえのことを待っているかもしれない、もしかしたらな」

バームキンがいちばん！

Barmkins are Best

むかし、アンナ・フリーウェイという女の子がいました。まだ小さな女の子です。お父さんのフリーウェイさんは、大きなスーパーマーケット・チェーンの社長でした。スーパーの名前はフリーウェイ・ストアといって、フリーウェイさんは、毎日、お店の仕事で大忙しでした。フリーウェイさんが働いているオフィスは六十階にありました。オフィスの窓からは、遠くにある海が見えます。けれどもフリーウェイさんには窓の外を見て、海をながめる時間などあったためしがありませんでした。

毎週日曜日、フリーウェイさんはアンナを連れて散歩へ出かけました。いつも、アンナのお気に入りの道を歩きます。玄関の両脇に大きなライオンの石像のある動物病院の前を通り、大きな花輪の飾られている戦没者記念碑をすぎて、ハクチョウやアヒルのいる池を越えると、カモメが飛び回り、男の子たちが凧《たこ》をあげている広場につきます。

フリーウェイさんは、あまりしゃべりませんでした。でも、アンナは気にしませんでした。アンナは、だれかが道に落とした二枚のペニー銅貨をじっと見たり、スズメがバスの乗車券をくわえて飛んでいくのを見送ったり、男の人が手押し車に長靴をのせて押していくのをながめたりするのが好きだったのです。そして、いろいろな思いを巡らせました。スズメはバスに乗りにいくところだったのかな、それとも降りたところだったのかな？　ペニー銅貨を落としたのはどんな人だろう？　男の人の長靴は、手押し車にのせてもらわなきゃならないくらい疲れてたの？

ある日、フリーウェイさんはいつにもましてしゃべりませんでした。心配事があったのです。そのうち、アンナは、お父さんがもう三十分も口をきいていないことに気づきました。

アンナはたずねました。「お父さん、どうしてだまってるの？」

「考えていることがあってね」

「どんなこと？」

「お客さんにお父さんのお店の食べ物をもっと買ってもらう方法を考えているんだが、思いつかないんだ」

「どうしてもっと食べ物を買ってもらわなきゃならないの？」

「そうすれば、もっとたくさん食べられるだろう」

「今はみんな、お腹いっぱい食べてないってこと？」アンナはまわりを見回しました。太っている人がたくさんいます。

「みんながみんな、食べられているわけじゃない」フリーウェイさんは言いました。フリーウェイさんもまわりを見回しました。やせている人が大勢いました。

「お客さんがもっと食べ物を買ったらどうなるの？」

「お父さんたちはもっとお金持ちになれる」

「だけど、うちはもうお金持ちでしょ？」

「おまえの部屋にテレビが買えるぞ」フリーウェイさんは言いました。

アンナは考えてみました。アンナは居間で、お母さんに寄りかかってテレビを見るのが大好きでした。そのあいだ、ジョーはトラごっこをしていました。ジョーは、アンナの弟です。本当なら、ジョーも喜んでいっしょに散歩にくるはずです。でも、フリーウェイさんは、ジョーは手がかかりすぎると言うのでした。

「部屋にテレビなんていらない」じっくり考えたすえ、アンナは言いました。

「なら、車が三台買える」

「三台目はだれが運転するの？」

「ほかの二台になにか問題が起こったときのために、置いておけばいい」

アンナは、じっくりと考えてみました。それから、また別のことを考えはじめました。どうしてリスは、枝に飛び移るときに、その枝が折れないってわかるのかな？　鎧《よろい》を着ている騎士は、お手洗いにいきたくなったらどうするの？　腕が足とけんかを始めたとしたら、勝つのはどっち？　足がもう歩かないって言ったら？　手が、ごほうびをくれなきゃ物を拾わないって言いだしたらどうする？

手にあげるごほうびってなんだろう？

アンナとお父さんはしばらくのあいだ、なにも言わずに歩きつづけました。

それからとうとう、お父さんが言いました。「なにを考えているんだね、アンナ？」

アンナは言いました。「バームキンのことを考えてるの」

「そのバームキンっていうのは、なんなんだい？」

アンナは長いあいだ、いっしょうけんめい考えました。それから、言いました。「バームキンっていうのは、ほかに考えることがないときに考えるものなの」

「どんな姿をしているんだい？」

「バームキンにはいろんな種類があるの。いろんな形のがいるのよ」

アンナはまわりを見回しました。緑の広場、青い空、葉の落ちた木々、遠くに見える白い家並み、空を飛んでいるヘリコプター、パークサイド通りを走っている赤いバス、走っている犬たちや、空の凧。

お父さんがききました。「バームキンはいいものかね、悪いものかね？」

アンナはそれについても、それはそれは長いあいだ考えました。

それから言いました。「どこにいるかによるかな。石は、道にあるときはいいものだけど、靴の中に入るといやなものになるでしょ。アイスクリームは手に持っているといいけど、手の甲に垂れたらいやだし」そして、水たまりにさかさまに映っている木を見ました。「木は外にあればいいけど、お風呂場に生えたらいやでしょ」それから、さらに考えて言いました。「ジョーは起きているときは悪い子だけど、寝てるといい子だもん」

アンナの弟のジョーは、頭がよくて、強くて、かわいらしい子でしたが、とてもやんちゃでした。アンナとお父さんが広場を散歩しているあいだも、ジョーは家にいて、お母さんがお昼ごはんを作るのをじゃましていました。

アンナのお父さんは言いました。「じゃあ、バームキンはどこにいると悪いんだい？」

アンナは考えて、それから言いました。「そうね、たとえばゼリーのお皿に入ってるときは、悪いかな」

フリーウェイさんは言いました。「アンナ、おまえのおかげでとてもいいことを思いついたよ」

二人はだまったまま、家へ向かって歩いていきました。フリーウェイさんは、バームキンのことを考えていました。

動物病院の前でアンナは立ち止まり、ライオンの石像にそれぞれキスをしました。

次の日、フリーウェイさんは六十階のオフィスに、ぜんぶのお店の店長さんを集めました。店長さんは五十人いましたから、オフィスが広くて幸いでした。

フリーウェイさんは言いました。「諸君、わたしはフリーウェイの食料品をもっと買いたくなる、とてもいい方法を考えついたのだ。わが社の店の食料品が、世界じゅうのどこを探してもいちばん新鮮で、衛生状態もよく、上質で、美味しくて、安くて、健康的だということはすでに世の中に伝えてある。わが社の食パンはほっぺたが落ちるよう、スープとソーセージは風味がきいていて、ケーキはクリームたっぷり、果物は最高級、菓子パンはいちばん大きく、マフィンは思わずかぶりつきたくなるほどだと」

「そのとおりです」みんなは答えます。

「とはいうものの、ほかのスーパーマーケットもどんどん追いついてきている。だから、われわれはもっとたくさん売らなければならない！」

「そのとおり」みんなは、ふたたび声をそろえて言いました。

「そこで、わたしはその方法を考え出した。われわれの店の食料品は、小麦粉も、卵も、牛乳も、果物も、野菜も、ソースも、ピクルスも、薬味も、ジャムも、マーマレードも、ピーナツバターも、ケーキも、ビスケットも、コーヒーも、紅茶も、炭酸飲料も、すべて百パーセント完璧にバームキンが存在しないことをお客さまに伝えるのだ」

「バームキンとはなんですか？」だれかが質問しました。

「それは、だれも知らないのだ！　そこが、すばらしいところなのだ。だが、非常に悪いものだという可能性もある。だれにもわからない。つまり、ほぼ確実に悪いに決まっている。となれば、もちろん、そんなものはビスケットやソフトドリンクの瓶に入っていてほしくないだろう。バームキンはからだに悪いのだ。われわれがお客に伝えなければならないのはそこだ。そして、フリーウェイの食料品には、バームキンは入っていないと、バームキンは一パーセントだって入っていないと宣伝しなければならない」

フリーウェイさんの部下は、とてもいい計画だと思いました。そこで、巨大なポスターが印刷され、スープの缶や小麦粉の袋、それにチョコレートバーの包装や冷凍食品の箱やジュースの瓶には、新しいラベルが貼られました。

〈この食品には、バームキンは含まれておりません〉

それから、テレビにコマーシャルを流しました。

「冷蔵庫のすみにバームキンがいたら、困りますよね。食料品がしまってある部屋や戸棚にだってごめんです。バームキンは、思いもしないところに姿を見せずにひそんでいるかもしれません。バームキンは、日々ものすごい勢いで増殖するかもしれないのです。バームキンを寄せつけないようにするにはどうすればいいでしょう？　目に見えないバームキンは、あなたの歯をだめにするかもしれません。胸焼けのもとや、赤ちゃんがむずかる原因になったり、楽しいピクニックをだいなしにしたりするかもしれません。バームキンにチャンスを与えてはなりません！　お買い物は必ずフリーウェイ・ストアで！」

それからずっと、フリーウェイさんの計画はとてもうまくいっていました。

フリーウェイ・ストアで食料品を買う人はどんどん増えていきました。

そして、バームキンを信じる人もどんどん増えていきました。新聞や雑誌がバームキンの記事をのせ、バームキンは健康に有害だと書き立てました。心臓の鼓動や子どもの成長が遅くなるというのです。お医者さんたちは、バームキンは歯茎《はぐき》の痛みや抜け毛の原因になるかもしれないと言いました。そのうち、バームキンを見たという人たちまで現れはじめました。

ほかのスーパーもじきに、フリーウェイさんのアイデアをまねしはじめました。同じように、自分たちのお店の冷凍チキンやインスタントスープにはバームキンはついていないと言いだしたのです。

フリーウェイさんはひどく腹を立てました。

「わたしが最初にバームキンのアイデアを思いついたのに」本当は娘のアンナのアイデアだったことも忘れて、フリーウェイさんは文句を言いました。

でも、フリーウェイさんにはどうすることもできませんでした。

というのも、あっという間にバームキンはそこいらじゅうに広がってしまったからです。そう、Tシャツにプリントされたスローガンから、タクシーや地下鉄の車体にまで。〈バームキンに注意！〉、フランス語でも〈ギャル・オ・バームカン！〉。ドイツ語だって〈アフトング・バームキネン！〉。ほかにも〈バームキンに気をつけろ！〉〈バームキンは危険！〉……！

そのころには、フリーウェイさんは大金持ちになっていました。車を四台と、電話機を七台、テレビはすべての部屋にありました。お風呂場にもあったものですから、そのせいで弟のジョーはひどい風邪をひいてしまいました。というのも、夜に、『バームキン発射』という、宇宙にいるバームキンについてくまなく紹介するテレビ番組をお風呂のお湯が冷たくなるまで、見ていたからです。

ジョーの風邪は、震えと鼻づまりから始まりました。それから咳をしはじめ、おやつや夕ごはんや朝ごはんを食べなくなりました。さらに、頭が痛くなって熱が出たのでベッドに寝ていなければならなくなり、しまいには、とても重い病気になってしまったのです。部屋に入れるのは、お医者さまとフリーウェイさんの奥さんだけでした。

フリーウェイさんとアンナは心底みじめな気持ちで、なにも手につかずに、家の中をうろうろするばかりでした。

「ああ、どうして、どうしてあの子を散歩に連れていってやらなかったんだろう！」フリーウェイさんは言いました。

「お父さんは手がかかりすぎるからって言ってたよ」アンナは教えてあげました。

「ジョーがよくなったら、ベッドの上に吊るせるテレビを買ってやろう」

「わたしたちとお散歩するほうがうれしいと思うな。それで、おしゃべりしたり」

「おしゃべりってどんな？」

「大人の話よ」アンナは言いました。「お父さんとわたしが話すようなことならなんでもいいと思う。バームキンとか」

今では、バームキンはすっかり小さなジョーの頭に取りついていました。部屋のすみというすみにバームキンがいる、ぼくをやっつけにくるんだ、と言うのです。そして、怖い夢を見ては、悲鳴をあげながら目を覚ましました。

ある夜、アンナはジョーのさけびごえをききました。

アンナはベッドから飛びおりると、足音をしのばせてジョーの部屋へいきました。フリーウェイ夫人は牛乳を温めに一階のキッチンへいっていたので、ドアがあけっぱなしになっていました。

ジョーは髪の毛を逆立てて、ベッドの片すみに縮こまっていました。

「あそこにバームキンが二匹いる、クローゼットの中に隠れてるんだ！」ジョーはアンナに言いました。

アンナはベッドにあがって、弟をぎゅっと抱きしめました。

「でもジョー、バームキンはいいものなのよ。バームキンはあなたのことが大好きなの！」

「そうさ！　ぼくをまるごと食べちゃいたいくらいね！」ジョーはそう言って、ぶるっと震えました。

「ううん、そんなことない！　バームキンは、本当にとってもいいものなんだから！　やさしくて親切なのよ。歌を歌うのが大好きなの。バームキンの歌を歌ってあげましょうか？」

「うん」ジョーはちょっとおぼつかないようすで言いました。

アンナは、ジョーをぎゅっと抱きしめたまま、歌いました。

バームキン、いつもキラキラ　キリキリ舞い
ぶくぶく、しゅわしゅわ　泡だらけ
どうか、魔法のじゅもんで　ジョーを治して
ほうら、もうすっかり元気よね？

そのとき、フリーウェイ夫人がホットミルクの入ったマグカップを持って入ってきました。

「まあ、アンナ、どういうこと？　いったいなにしてるの？　自分のベッドにいるはずでしょう」

フリーウェイさんは奥さんのうしろに立って、青白い心配そうな顔をしています。

「ジョーはバームキンのことを怖がってるのよ」アンナは言いました。「でも、もう大丈夫。そうよね、ジョー？　ほら！」アンナはスキップして洋服ダンスのほうへいくと、とびらをあけました。「見て。ここにバームキンが二匹いるけど、二匹ともいいバームキンよ。それに、ジョー、あなたのことが大好きなのよ。本当はベッドまできて、ジョーがミルクを飲んでいるあいだ、なでてもらいたいと思ってるくらいなんだから」

「わかったよ」ジョーはじっくりと考えたすえ、うなずきました。「だけど、ミルクがこぼれないようにとても静かにしてなきゃだめだって、言ってくれる？」

ジョーがホットミルクを飲んでいるあいだ、バームキンはとても静かにしていました。それからジョーはベッドに横になって、眠りました。フリーウェイさんとフリーウェイ夫人とアンナはそっと、それぞれのベッドにもどりました。

次の朝、ジョーはよくなっていました。

「お父さん、お父さんもみんなにバームキンはいいものだって言わなきゃ」アンナは言いました。

フリーウェイさんは悲しそうに言いました。「だが、そうしたら、フリーウェイ・ストアで買うほうがいいと、みんなが思わなくなってしまう」

「そんなこと、いいじゃない。それでも、お父さんのお店でだって買うもの。みんな、びっくりするくらいたくさん食べ物を買うんだから」

「まあ、少しようすを見てみないと」

けれども、どうしてか、すでにニュースはもれていました。健康雑誌には次のような記事がのりはじめました。


〈バームキンは健康に欠かせない〉

毎日の食事にバームキンが不足していると、深刻な問題が生じる可能性があることが証明された。

バームキンはすばらしいものである！


食料品店はいっせいに、お店の商品にラベルを貼りはじめました。ケーキやキャンディ、骨付き肉やチキンやチャツネ、牛乳やマーガリンやメロンにも。「当社の製品には、健康的な天然のバームキンがたっぷり入っています。なにひとつ取りのぞいていません！　バームキンはそのまま。新鮮かつ本物の味です。バームキンはすばらしい！」

そして、小さなジョーは毎週日曜日、お父さんとお姉さんと広場を散歩するようになりました。ジョーはまったくもって手のかかる子どもでした。犬を追いかけ、道路に飛び出し、拾ってはいけないものを拾い、年がら年じゅうアイスクリームをほしがり、いつまでもすべり台からはなれたがらず、ほかの男の子をぶちました。

「でも、そのうち大きくなるわよ」アンナは言いました。

アンナたちはしょっちゅういろいろな話をしました。馬のことやヘリコプターのこと、リスや潜水艦《せんすいかん》やエベレストや月やチーズ、コンピューターにサーディンにサンタクロースのこと。

それからバームキンのことを。

羽根のしおり

The Feather and the Page

お医者さんは、もうあと数時間しかもたない、と言った。

「おだやかに死を迎えるよ、お母さんはね」お医者さんは安心させるように言った。「お父さんがここにいないのは、残念だが」

父さんは商船の船乗りで太平洋にいて、連絡のつけようがなかった。

ぼくは、姉のハンナに午後から学校へいくよう送り出された。

ハンナはぼくより十歳年上で、背が高くて、いばっていた。青い目と金色の髪は、父さんそっくりだ。だから、むかしから母さんのお気に入りだったんだと思う。

「午後じゅう、あんたにうろうろされて、じゃまされるわけにはいかないからね、ティム。泣いたり、取り乱したり、質問ぜめにしたり、母さんを動揺させるに決まってるんだから。安静にしてなきゃいけないのに。泣いたり質問したりするなら、学校でやって」

そう言って、ハンナはぼくを部屋から押しだすようにして、追い払った。

「母さんにいってきますを言っちゃだめ？」

「窓から大声で言えば？　それなら、母さんの負担にならないから」ハンナは言った。母さんは、お医者さんの診察や食事のあげさげに便利なように、一階の表に面した部屋で寝ていたのだ。だから、ぼくはいってきますと大きな声で言ったけれど、母さんに聞こえたかどうかはわからなかった。いずれにせよ、返事はなかった。

ハンナが二階に駆けあがっていく足音が聞こえた。

もちろんハンナがなにをとりにいったかは、わかっていた。自作の詩を母さんに読んで聞かせるつもりなのだ。

姉を見たら、まさか詩を書くなんて思わないだろう。背が高くて、さわがしくて、いつもいばっている姉が。だけど、実は山ほど書いていて、一、二作ほど、〈エイボン・アーガス〉に掲載もされていた。姉はなによりも、書いている詩を母さんに読んで聞かせるのが好きだった。こうなるまえは、しょっちゅう姉が読むのを母さんが聞いて、感想を言ったり、別の言葉に変えたらといった提案をしたりしていた。

二人がそうしているのを、奥の台所で宿題をやっつけようとしながら、何度聞いたかわからない。

それはそうとして――その日の午後、ぼくは勉強にほとんど身が入らなかった。あたりまえだと思う。それどころかルイス先生はぼくを気の毒に思って、早く帰してくれた。

早く帰してもらったものの、それでも間に合わなかった。母さんは亡くなっていた。一階の部屋にいくと、母さんの顔はすでに色を失い、きれいに寝かせられて、近所の人たちがお悔やみを言いにきていた。花やキッシュパイを持ってきた人もいた。

とうぜん、ぼくは最低の気分だった。母さんが死ぬときにそばにいることができなかったし、きちんとお別れも言えなかったのだ。ぼくからのお別れを。

「なにかお迎えのようなものはきた?」ぼくはハンナにたずねた。「風は吹いた? 光は? 大きな雷とか? 母さんはなんて言ってた? どういうふうだったの?」

「ああ、もうだまって、うるさいチビ!」ハンナはどなった。「そんなふうじゃなかったわよ。ただ静かに息を引き取っただけ。それどころか――」

ハンナはすっかり腹を立てて、その先は教えてくれなかったけれど、あとから、ウィケンズさんに話しているのを聞いて、ハンナ自身も母さんの死の瞬間は気づかなかったことを知った。ハンナは詩を読んで聞かせていて、母さんはうとうとしながらも時おり言葉をくりかえしたりして聞いていたらしい。ぼくの想像だと、たぶんふっとそれが途切れ、ハンナが次に顔をあげたときには、静かに息を引き取っていたのだと思う。つまり、二度と母さんが詩の朗読を聴くことはないということ。

ハンナが動揺するのも、わかる。

ハンナのことを気の毒だと思ったけれど、母さんはぼくのことを話しただろうかと思わずにはいられなかった。「ティムにさようならと伝えておいて」とか「ティムに学校の勉強をがんばって、歯みがきを忘れずに、いい子でいるように言って」とか、そんなことを。だけど、もし言ったとしても、ハンナはなにも言わなかった。それに、当時はぼくも悲しくてつらくて、胸がえぐられるような思いだったから、たずねる気持ちにはなれなかった。

きちんとさようならを言う機会がないまま、だれかが死ぬと、ギザギザの穴があいたようになる。最後まできちんと終えられなかった仕事のように。何日たっても、数週間がすぎても、ヒリヒリと痛む傷がきちんと癒《い》えないまま残っているような気持ちがつづいていた。

そのころ、ハンナがどう感じていたかは、わからない。ハンナはぼくと話そうとしなかったし、ぼくもハンナと話さなかった。時おり「父さんから連絡はあった？」とか「急いでベッドを直して」とか、そんな会話を交わすだけだった。

ルイス先生は「ティム、ずいぶんやせたんじゃない？」とか「お姉さんは気つけ薬をのんだほうがいいんじゃないかしら。お父さんはいつおもどりなの？」などと声をかけてくれた。

「クリスマスがすぎるまではもどってきません」

まだ三か月先だ。その年の夏は長く、暑くて雨も少なかったので、リンゴが豊作だった。村じゅう、どのうちの木にもたわわに実がなっていたから、だれかにあげることもできない。どこでもかしこでも、リンゴは芝生の上に落ちたまま、腐っていた。夜に目が覚めて母さんは今ごろどこにいるんだろうとか、そんなことを考えていると、たわんだ枝からリンゴが落ちる音が聞こえた。ボタッ。ボタッ。ずっしりとした鈍い音だ。そしてまたしばらくすると、ボタッ、ボタッと聞こえるのだった。これまでは毎年、母さんがリンゴジャムを山のように作ってくれていた。リンゴを切って、澄んだうすい赤色になるまで煮る。そのあいだ、ハンナは詩を朗読していた。でも、今年はハンナにそんな元気があるわけもなく、リンゴは落ちたまま、ほうっておかれていた。

庭にはマルメロの木もあって、たくさん実をつけていた。ある日、校庭でスー・ウィケンズに言われた。

「うちのママが、ティムんちのマルメロをほしいんだって。ハンナが使う予定がないならって」

「きいてみるよ」ぼくはそう答えて、ハンナにたずねてみた。「もちろんよ。ウィケンズさんに好きなだけ、もらってくださいって伝えて、あんたとスーとで拾えばいいわ。あたしはかまわないから」

「父さんががっかりするよ、クリスマスに帰ってきたら。マルメロのジャムがないなんて」

「だから、なんだっていうの？　ほら、学校に遅刻するわよ」

そこで、スーとぼくはかごに四杯ぶんのマルメロを拾い集めると、よい香りをさせている重くて固い黄色の実をウィケンズさんのところへ持っていった。

　ぼくはむかしから、ウィケンズさんがちょっと怖かった。ウィケンズさんは背が低くてがっしりしていて、肌はトカゲみたいにしわしわでシミだらけだ。目はくすんだ鈍色《にびいろ》をしていて、顔にぽっかりと穴があいているみたいに見えた。スーも同じ色の目をしているけれど、スーの目はきらきらしている。村では、ウィケンズさんはだれよりも薬草とか、けがや病気の治し方とか、紅茶の葉の占いとか、星のことなんかを知っていると言われていた。でも、いやな人というわけではなかった。

　ウィケンズさんはざっとマルメロの実を見ると、言った。「お姉さんにお礼を言っておいてね、ティム・パードン。ところで、あたしになにか聞きたいことがあるんじゃないかい？」

　それまで、そんなことがあると思ってもいなかったけれど、言われたとたん、そのとおりだとわかった。「どうすれば、死んでしまった人にさようならを言えるんですか？」

「ああ、そのこと」ウィケンズさんはちっともおどろいたようすもなく、マルメロをひとつ取りあげると、表面の白い粉を親指でぬぐった。「そうだね、いくつか方法があるよ。ドリドルにのぼって、頂上でひと晩過ごすというやり方もある」

　ドリドルというのは、正式に〈ドルイド（古代ケルト社会における僧・知識階級）の丘〉と呼ぶべきだと言う人もいたが、村はずれの教会の裏手に黒々とそびえる、けわしい山のことだった。

「ぜったいにしたくありません」


「ううん、それはいやです」ぼくはすぐさま言った。「ぜったいにしたくありません」

「おまえさんは肝《きも》が据わってないね。それじゃあ、むりだよ。そうしたたぐいのことをしたいならね。ちょっとばかし度胸ってもんを見せないと。勇気を出さなきゃ、なんにも手に入れられないよ」

「母さんがいやがりそうなことはしたくないんです。母さんは、ドリドルにまつわる話は好きじゃなかったから」

「なるほどね。じゃあ、大きな鏡の上でうつぶせになって眠るというのは？　夜中に目を覚ますと、目の前に自分のじゃない顔がある、というわけ」

「母さんは、それも気に入らないと思います」ぼくはすかさず言った。「どっちにしろ、うちには大きな鏡なんてないし。うちにあるのは、台所のシンクの上にかかってる小さな四角いのだけだから」

「だとしたら」ウィケンズさんはちょっとむっとしたように、言い放った。「おまえさんみたいな子には、ひとつしか方法はないね」

「どんな方法ですか？」

「日暮れどきにお母さんのお墓にいって、まわりを七回まわるんだ。夕日がすっかり沈んじまうまえにね。ちゃんと七回まわれれば、お母さんが話しかけてくれるよ。お母さんが亡くなるまえ、最後に頭にあったことを言ってくれるはずだ。まちがいないよ、この方法はね。失敗したって聞いたことは一度もないね」

「どうかな、そんなことできそうもない」ぼくは歯をガチガチ鳴らしながら言った。

「まったく、ずいぶんと意気地なしだね！　これなら、お母さんが反対するとは思えないよ。それに、うちのスーもいっしょにいくから。いってやるだろう、スー？」

「うん、まあ」スーは言ったけれども、心からいきたそうには見えなかった。

ぼくはさんざん考え、それからまたいやというほど考えた。そして、それから三日目の土曜日に、スーとぼくは墓地へ向かった。

言ったとおり、教会は村の外れにあり、墓地は小さくて、急な斜面を一部切りひらいて造られていた。片側に教会があり、石塀のむこう側の斜面には二本の巨大なプラタナスの木がおじいさんのようにそびえている。人目につかないひっそりとした場所だった。

母さんのお墓は、斜面をのぼったいちばん外れにあった。上を覆っている緑の芝が今ではしっかり根づき、最初に供えられた花輪や花束は茶色く色あせて腐り、打ち捨てられている。けれども、だれかが新しく持ってきてくれたらしく、アスターやブリオニーベリー、むらさきのマツムシソウ、遅咲きのバラなどの小さな花束がいくつかあった。母さんには、いい友だちがたくさんいたから。

「ハンナはどこにいるの?」スーが少し不安げなようすできいた。「あとからきて、あたしたちのことを叱ったりしない?」

「大丈夫だよ。ハンナはうちで詩を書いてる。すっかり世界に入りこんじゃってるからね。そこにいるかぎりは、一歩も動かないよ」

ハンナがそうやって入りこんでいるときは、ひと目でわかる。口の中が小石でいっぱいなのに、どうやって吐き出したらいいかわからないような怒りに満ちた表情を浮かべているから。母さんが死んでから、ハンナはずっとそんなふうだった。

「じゃあ、いきなりきて、首を突っこんだりはしないってことね」スーは言った。

斜面をのぼっているとき、スーは、野生のリンゴの木から赤い小粒の実を七個もいだ。リンゴの木は、ジョーンズさんの〈ようこそ亭〉というパブの壁に寄りかかるように生えていて、あたりの道にはビー玉くらいの大きさの赤い実が一面に落ちていた。

「じゃあ、ティム、お墓のまわりを一周するごとに、このリンゴをひとつずつ置くことにしよう。そうすれば、数がわからなくならないでしょ。まず、一周目!」

ぼくたちは手をつないで、芝の長くのびたでこぼこの地面をそろそろと歩きはじめた。

ぼんやりとかすみがかった、妙な感じのする夕暮れだった。寒くもないし、風もない。谷間の道のつきあたりの、山と山のあいだのちょうどVの字になったところに沈みかけた夕日が、ブラッドオレンジみたいに見えた。

今も言ったとおり、スーとぼくは最初はゆっくりと歩いていたが、すぐに怖くなって、二周目はほとんど走るようにまわり、そのまま三周目、四周目、五周目とまわった。そこからまた少し速度を落として、六周目をまわり、七周目になった。ぼくたちが最後、手とひざをついて這うようにまわると、まさにそのとき、太陽が完全に沈んだ。

頭から芝生までは三十センチほどしかなかった。すると、地面の下からゴホッという音が聞こえた。だれかが咳払いをしたかのように。

「ああ、やめて!」ぼくはあえぐように言った。「やめて! 母さん、お願い! ごめん、ぼくが悪かったよ。母さんを起こしたりして。もう、いいんだ……」

けれども、ゴホゴホという音はどんどん大きくなって大地がゆれ、あたかも土や石が斜面をすべり落ちていくかのようだった。

スーは両手で耳をふさいだ。でもぼくは、氷のように冷えきった体で、口もきけず、両ひじを湿った墓についたまま、耳を下にして、低く盛られた土から聞こえてくる音を聞きとろうとした。するると、母さんの声が聞こえた。最初は息苦しそうな、くぐもった感じだった。病気になったあとの母さんの声だ。

どうやら、詩のようだった。

失われた言葉、失われた韻《いん》
失われた音楽、失われた時間
どこで見つかるの？
だれもいない場所で？

今日が過ぎたら
どこにとどまるの？
だれもいないところに？

失われた愛、失われた光
夜に溶けていく
どこで眠るの？
小鳥のいない巣で？

ガサガサッと音がした。スーがぱっと、ロケットみたいに走りだし、両耳をおさえたまま丘を駆けおりていく。炎の剣を持った天使に、うちへ帰れと命じられたみたいに。

「二度と――」スーがあえぎながら言うのが聞こえた。「ああ、もう二度と、ぜったいに――」

そして、〈ようこそ亭〉としなだれたリンゴの木の横を通りすぎ、姿が見えなくなった。

でも、ぼくは横になったまま、体を地面に押しつけるようにじっとして、母さんのお墓を枕みたいにずっと抱きしめていた。一時間かそこらそのままでいるうちに、霧が晴れ、プラタナスの木でメンフクロウが狩りを始めた。すると、ハンナがカンカンになってぼくを探しにきた。

「ティム！　いったいなにやってんのよ？　どうしてそう、聞きわけがなくて、考えなしで、面倒ばかりかけて、信じられない！」

ハンナはぼくをつかんで、ゆさぶった。ハンナがぼくに触れたのは、母さんが死んでから初めてだった。

こんなことをしたあとだったから、もうハンナのことを怖いとは思わなかった。ハンナがかわいそうだった。帰り道、ぼくは、「聞いて、ハンナ、聞いて。母さんが言った言葉だよ」と言った。そして、母さんが言ったことをハンナに伝えた。ハンナはじっと聞いていた。ハンナの目からどっと涙があふれだした。

「その詩！」ハンナは息をのんだ。「あたしが最後に作った詩よ。だけど、書きはしなかったの。最初に浮かんだとき、なにかがちがうような気がした。それから、母さんがくりかえして――そう、詩を口にしたとき、母さんは――」

　ハンナは口を閉じた。ぼくはもうなにも言わなかった。そんなふうにして、ぼくたちは家まで歩いた。だけど、ハンナはもうぼくには怒っていなかったと思う。丘をおりるまでずっとぼくの肩につかまっていたから。

　最後にひとつだけ、ハンナには言わなかったことがある。「巣で」のあとに、母さんはこう言ったような気がする。そう、たぶん言ったと思う。「ティムに本にしおりをはさんでおいたからと言っておいて、羽根をはさんでおいたから。そして、ティムにさようならと伝えて……」

　だから、ぼくはその本を見つけなきゃならない。そして、そのページと羽根を見つける。それが、次にやること。

　うちに本は山のようにあるから。

オユをかけよう！

Hot Water

マンデーおばあちゃんが亡くなった。ポールは悲しかったけど、おばあちゃんが遺言で、ポールにも形見を遺してくれたと聞いて、うれしかった。ポールとおばあちゃんはずっと仲がよかった。ポールはティーポットにメガネを隠したりして、しょっちゅうおばあちゃんをからかっていた。

おばあちゃんが遺してくれたのは、大きさがまちまちの包みを五つと、オウムのフォッズだった。

「むかしからオウムを飼いたかったんだ。フォッズはまだ三十歳だからね。あとたぶん七十年は生きるだろうな。こっちの包みにはなにが入ってるんだろう？」

ポールが小さくてごつごつした包みをひらいているあいだ、赤と灰色の羽をしたフォッズはポールの腕をいったりきたりしていた。

包みはまず厚い茶色の紙で包んであり、次に新聞紙で包まれ、さらにビニール袋、おまけにもう一度ビニール袋で包んであった。そしてその中からようやく、ティーバッグが一個、出てきた。

「オユをかけよう！」フォッズが言った。

「うん、そうだね」ポールはティーバッグをカップに入れて、お湯を注ぎ、紅茶をいれた。そして、飲んだ。

次にあけたのは、大きくてやわらかくて、これといって形のないものだった。ポールは粘着テープをはがして茶色い包み紙をひらき、新聞紙をはがし、さらにティッシュペーパーを広げた。すると中からビニール袋が出てきたので、ひらくと、またビニール袋が出てきた。中に入っていたのは、おそろしく汚れたシャツだった。

「オユをかけよう！」フォッズが言った。

「うん、そうだね。このままじゃ着られないし。おばあちゃんはずいぶん変なものをくれたなあ」

そしてポールはたっぷりのお湯をかけ、せっけんでシャツをごしごし洗った。それからすすいだけれど、まだ汚い。そこで、もっとたくさんのお湯とせっけんを使って、一から洗い直した。今度はすっかりきれいになったので、洗濯ロープに干して乾かした。赤と緑のとてもすてきなシャツだった。

「ぴったりの大きさだ。着るたびにおばあちゃんを思い出すだろうな」

次にひらいたのは、アルミホイルで何重にもくるまれた小さな包みだった。一枚一枚はがしていって、とうとう最後の一枚をひらくと、インスタントスープの素がひと袋、出てきた。ポールの大好きなトマト味だ。

「オユをかけよう！」

「よしきた」ポールは言って、スープの素にお湯をかけてトマトスープを一杯作ると、飲んだ。

次の包みをひらくと、巨大なビニール袋が出てきた。ビニール袋の中には、ぐるぐる巻きになった古いレースのカーテンが入っていた。何メートルもあるカーテンをようやくぜんぶ広げると、中から小さな平べったい包みが現れた。マジックフラワーというラベルが貼ってある。

「オユをかけよう！」フォッズが大きな声で言った。さっきからそれしか言っていない。

「うん、そうしよう」そしてポールはマジックフラワーをジャムの瓶に入れて、お湯を注いだ。

すると、葉が一枚一枚ゆっくりとひらき、花びらも一枚一枚広がって、まるまっていた茎が伸びてぐんぐん大きくなり、ついに瓶の中いっぱいに緑の葉と深紅と白の花が咲いた。

「わあ、きれい！」ポールは言った。

最後の包みは、冷凍庫の中に入れてあった。これまでの包みでいちばん大きい。椅子くらいあるけれど、椅子よりも幅が狭い。

「いったいなんだろう？」テープをはがして、中身を保護する厚手のシートをひらくと、またまた厚手のシートが出てきたが、今度のシートは透明で、きらきら光るプチプチがいっぱいついている。「いったいなにが入ってるんだろう？」思わず同じ言葉が口をつく。

そして最後のシートをはがすと、こおりんしゃが出てきた。「やった！　前からずっとこおりんしゃがほしかったんだ！」

こおりんしゃというのは、氷でできた自転車のことで、ちゃんとくるくる回る氷のタイヤと、氷のハンドル、氷のブレーキに氷のライト、氷のサドルまでついていた。ダイヤモンドみたいにきらきら輝いている。

ポールはさっそく乗ろうとしたけれど、サドルがものすごく冷たかった。

「オユをかけよう！」フォッズが大きな声で言った。

「りょうかい」

ポールがやかんのお湯をかけると、こおりんしゃはあっという間にとけた。サドルもタイヤもブレーキもライトもハンドルも。残ったのは、大きな水たまりだけ。

「見ろよ、おまえのせいでこんなことになっちゃったぞ」ポールはフォッズに言った。

そして、おばあちゃんからもらったシャツを着て、おばあちゃんのお墓にパンジーを植えにいった。おばあちゃんがむかしから大好きな花だったから。

「オユをかけよう！」フォッズが大きな声で言った。

「ちがうよ、バカだな。パンジーには冷たい水をかけるんだ」

　そしてポールはパンジーに水をやると、お墓をあとにした。赤と緑のシャツの腕にフォッズをとまらせて。

緑のアーチ

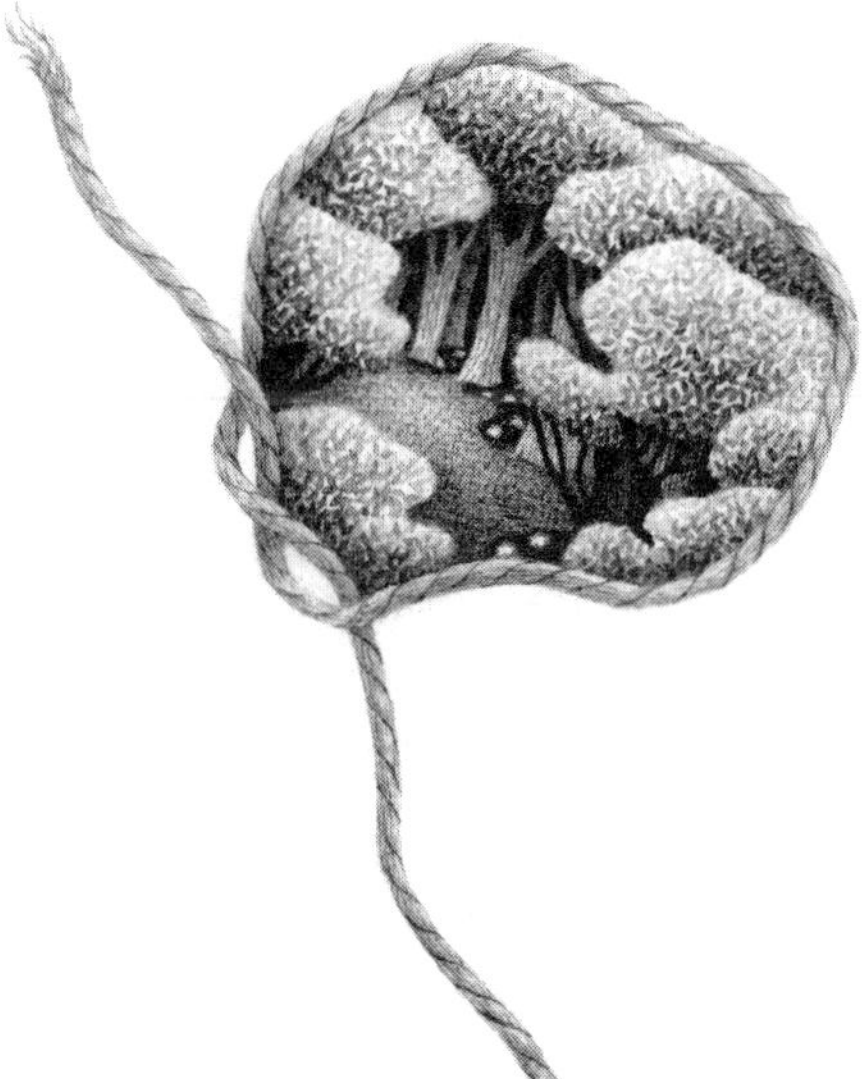

The Green Arches

　魔法が効き目をあらわすには、三つのことが必要だった。ケーキを作るときに、卵と小麦粉と砂糖が必要なのと、ちょっと似ている。まず雨が降っていること、金曜日であること、それから、前の晩に、ある夢を見ていること。

　だから、毎週木曜日の夜、ぼくはその夢を見るためにできることはすべてする。ドアやアーチや木や森の出てくる絵本の絵を見る。じっくり考えて、これまでその夢を見たときのことを、毎回分すべて思い出そうとする。うまくいくときもあれば、いかないときもある。

　その夢は、くるときを選んでやってくる。目が覚めたあと、いつも覚えているとはかぎらない。でも、夢が訪れたことはわかる。なぜなら、とてもおだやかな気持ちで目覚め、その日はなにもかもがうまく運ぶからだ。

　今でもまだ、その夢を見るし、それはぼくにとって救いだ。

　あ、そうだ。あともうひとつ、必要なものがあるのを忘れていた。中でもいちばん大切なもの。

兄のブランが、歌を歌わなければならないのだ。
歌詞はこんな感じだ。

さよならを言うとき、
思うんだ
どうして言わなきゃ
ならないかって
そして、二度と会えないのなら
なんて言えばいいんだろうって

愛と痛みは
決して消えずに
永遠につづく
まるで海みたいに
ぼくたちを運んでいく
そうさ、はるか遠くの岸へと

この歌詞はブランが作って、節もブランが考えた。とてもシンプルで、音符にすれば七つしかないから、最初に聞いたときは、すぐに覚えられるような気がする。七つの音がぐるぐると追いかけっこをするようにくりかえされるだけで、ブランは「こういう曲のこと、フーガっていうんだ」と言っていた。ブランは詩にこの節をつけて歌いながら、ギターをポッンポッンと気ままにつまびくのだけど、それはまるで、つたに覆われた橋みたいだ。橋の形が浮かんでくるし、つたまで目に見えるような気がする。けれども、歌が終わると、どんな歌だったか思い出せない。決して。

兄のブランはクラリネットとピアノ、ギターをやるし、ハーモニカも吹く。少なくとも、まえはそうだった。そう、おとなりのバズビーばあさんが、ぼくたちに腹を立てるまえの話だ。すぐに、バズビーばあさんの話はするから。

でも、そのまえに、兄がその歌を歌うとなにが起こるのかを、説明しよう。

すべての始まりは、ぼくが六歳のときだった。ぼくは、台所のテーブルの下で、トチの実とひもを使って遊んでいた。すると、ふいにブランの頭にその曲が浮かんできて、ブランは歌いはじめた。ブランが遊びながら歌っているのを聞いているうちに、ふと気づくと、ぼくはテーブルの下ではなくて、外の通りにいた。しかも、ぼくは立っていた。

ぼくたちが住んでいるのはキャッスル通りといって、カーブした上り坂になっていた。うちのある側の家はぜんぶ、ひと切れぶんのパイみたいな形をしていて、道に面した部分が広くて奥のほうが狭くなっている。家と家のあいだには細い路地があって、通りとは木戸で仕切られていた。路地はかなり狭くて、木戸はいつも閉まっている。めったに使う人はいない。ひらいているところを一度も見たことのない木戸もあった。ぼくはよく、開かずの木戸のむこうにあるものを想像して、お話を作っていた。山とか、砂漠とか、王宮とか。

というわけで、話をもどすと、ぼくはブランの歌を聞いていたら、いきなり外の、バズビーばあさんの家の木戸の前にいた。ぼくはすぐさま木戸までいって（歩くことができた）、掛け金を外した。木戸がひらき、ぼくは中に入った。苔《こけ》のむした狭い道がまっすぐ森までつづいている。その森ときたら！　鉄塔みたいに高い木々の枝が両側からのびて合わさり、教会の天井の石造りのアーチのようになっている。どこまでが一本の木で、どこからが次の木か、わからないほどだ。

ブランの歌に運ばれるように、ぼくは木々のあいだを進んでいった。楽々とすばやく、木々を上下にぬって飛ぶキツツキのように。自分が森のまったき中心へ向かっているのはわかっていたし、そこでなにかすばらしいものが見つかるのも、わかっていた。

けれども、ぼくはそこまでたどり着けなかった。歌がとまってしまったのだ。そして、まばたきする間もなく、ぼくはまたひもとトチの実を握りしめて、台所のテーブルの下にすわっていた。

「もう一度、歌ってよ、ブラン兄ちゃん！」ぼくがせがむと、ブランはまた歌ってくれた。けれども、（そのうちわかったのだが）力が働くのは一日一回だけなのだ。そして、それは金曜日で、雨が降っていなければならない。さらに、前の晩に例の夢を見ていなければならなかった。

一方、となりのバズビーばあさんは日に日にぼくたちへの憎しみをつのらせていくようだった。ブランの歌にも文句をつけるようになり、なにもかもやかましくって耐えられないと言う。そう言いだしたのは、うちのお父さんが家に警報システムを設置する仕事についたあとだ。最初、お父さんは試しに、うちに器械を取りつけた。そこへ、ちょうどブランが学校から帰ってきたが、うちへ入ったらすぐさま小さなパネルに打ちこまなければならない数字を知らなかったものだから、警報が鳴りはじめた。たしかに、ちょっと考えられないような大きな音だった。歯茎から歯が飛び出してしまうんじゃないかと思うくらい。そうじゃなければ、家の屋根がふっとぶとか。ブランは数字を書いた紙を探し回ったけど、そのあいだに、バズビーばあさんが裏庭で飼っているミツバチが竜巻のような巨大な黒い渦となって巣から飛びたち、どこかへいってしまったのだ。ハチたちはそのまま帰ってこなかった。

これで、バズビーばあさんがぼくたちのことをこころよく思っていない理由はわかったと思う。厳密にはぼくたちのせいではないし、それにもちろん、お父さんは謝りにいって、代わりのミツバチを差しあげますと言った。けれども、バズビーばあさんは断って、いつもの仕入れ先から買うと言ったのだ。仕入れ業者の男はいつも、夜に黒いバンでやってくる。バズビーばあさんは魔女だとうわさしている人たちもいた。たしかに、バズビーばあさんはそうとう気難しかった。

ぼくはいつも金曜日を心待ちにしていた。週末になるとブランはうちに帰ってきて、いつもの歌を歌う。すると、必ずではないけれど、ぼくは漂うように森へ入っていく。曲と歌と両方必要なときもあるけれど、曲だけで大丈夫なときもあった。

そのたびにぼくは森の中心までいけるよう、願うのだけれど、毎回、あともう少しというところで歌は止まってしまった。

「あともう少し、長い曲だったらなあ！　音が七つじゃなくて、九つあればいいのに！」ぼくはブランに言った。

けれども、ブランは、曲は植物がのびるように勝手にできるものだから、自然のままに任せなきゃならないんだ、と言った。

とはいえ、ぼくは、次の年もその次の年も何度も森へいったから、すっかり森が自分のもののような気になって、いつの日かどうにかして中心までいけるだろうと固く信じていた。

時はすぎ、ぼくも学校へ通いはじめた。お父さんが毎朝、配達用のバンで学校まで送ってくれた。

バズビーばあさんはますますいじわるになっていった。代わりに買ったミツバチたちより、いなくなったハチたちのほうがよかったと言い張り、ブランには、うちの中で音楽を演奏するのをやめないと、神経がまいってしまうと言った。それからというもの、ブランはわざわざ友だちのオースティン・モルガンのうちへいくようになった。モルガン一家は町の外に住んでいたので、文句を言うようなおとなりがいなかったのだ。

「ヒューにはちょっとかわいそうだけどさ。歌が聞けなくて、さびしいだろうから」ブランはお父さんに言った。

さびしいだって⁉　それどころか、息をするのに必要な空気を根こそぎ吸い取られてしまったような気持ちだった。まえまでは、週末はずっとブランが音楽を演奏していた。バズビーばあさんは怒って壁をたたくだけだったのだ。

お父さんは言った。「ご近所とは仲良くしないと。ご近所の人たちには、ご近所の人たちの権利があるからね」

そこで、ブランがどうしたかというと、自転車に乗って帰ってくるときに、ハーモニカを吹くようになった。そして、うちに近づくと、『さよならを言うとき』を、うちの正面の窓から聞こえるくらい大きな音で吹いてくれた。

そして、ときにはそれでも、ぼくはふわりと舞いあがることがあった。風に舞う葉っぱのように、バズビーばあさんの家の横の木戸を抜け、森へと入っていく。

森では小鳥が歌い、ミツバチがブンブン飛び回っている。木々の根元にはサクラソウが咲き、ハチたちはその上をうろうろしている。その羽音は、電線の風切り音に似ていた。たまに、うちの警報音のせいでバズビーばあさんの庭から逃げていったのは、このミツバチたちじゃないかと思うことがあった。

(うちでは、警報システムは使わなかったけれど、それぞれの部屋のすみっこで、赤と緑の小さな目が親しげにチカチカまたたいているのはなかなかいいじゃないか、とお父さんは言っていた)

ところが、信じられないことに、ブランが自転車に乗りながらハーモニカを吹くだけでも、バズビーばあさんは怒りくるった。

「血の代わりに酸が流れてるんじゃないか」と、お父さんは言った。

「かわいそうな人ね。気の毒な気もするくらい」お母さんも言った。

そしてある日、ブランが自転車に乗ってハーモニカを吹き、ぼくがふわりと台所を出て、木戸へ向かおうとしたまさにそのとき、バズビーばあさんが二階の窓をあけて、ブランの頭めがけて水差しの水をぶちまけた。

たぶんただびちょびちょにしてやろうと思っただけかもしれない。でも、実際はもっと深刻な事態を引き起こした。冷たい水が顔にかかったせいで、ブランは急ハンドルを切り、ちょうど坂を下ってきたトラックの真ん前に飛び出した。トラックはブレーキをかけてスリップし、バズビーばあさんのうちの門に突っこんだ。荷台に積んでいた十九トンの冷凍ポテトチップスが門を越えて、バズビーばあさんのうちの路地になだれこんだ。

そして、ブランと自転車も重い冷凍チップスの下に埋もれた。

しばらくかかってようやくブランは助け出され、すぐさま病院へ運ばれて、集中治療室に入れられた。でも、昏睡《こんすい》状態で、手を尽くしても意識はもどらなかった。音楽もすべて頭の中に閉じこめられたきり、外へ出すことはできなくなった。

「残念ながら、望みが持てる状態ではありません」主治医の先生はお父さんに言った。事故から、三週間がたっていた。

そのあいだ、ぼくは一度しか見舞いにいかせてもらえなかった。ブランはベッドにあおむけになり、なにかを送りこむチューブと、送り出すチューブをいっぱいつけられていた。これじゃ、人間というより、警報システムみたいだ。オースティン・モルガンの妹のアンジーが、ぼくの車いすを押して連れていってくれたのだけど、ブランを見たとたん、わっと泣きだしてしまい、ぼくたちはまたすぐに病室を出なければならなくなった。二人は仲のいい友だちだったのだ。ぼくはぼんやりと考えた。あの歌は今も、ブランの頭の中でぐるぐる回っているんだろうか。雨粒みたいに、音同士追いかけっこをしてるんだろうか？　病室を出るとき、ぼくはブランにメッセージを伝えようとした。「ブラン兄ちゃん！　あの歌のことを考えて。思い出すんだ。兄ちゃんを助けてくれるかもしれないよ」でも、ブランは答えなかった。

トラックの運転手はそんなにひどいけがはしなかったけれど、トラックと十九トンの冷凍チップスの持ち主である会社は、バズビーばあさんにひどく腹を立てた。そして、バズビーばあさんのほうも同じくらい、腹を立てていた。新しいミツバチの巣箱は、家の脇にある木戸をすぐ入ったところに置いてあったから、冷凍チップスのなだれでハチたちは全滅してしまったのだ。こうして、トラックの会社はバズビーばあさんを訴え、バズビーばあさんは会社を訴えることになった。

「いちばんつらいのはあなたなのに」モルガンさんの奥さんは、お母さんに言った。「かわいそうに上の息子さんは生死をさまよっているし、下のぼうやはもともと障害があるんだから。本当なら、訴えるのはあなたよ」

「訴えたからって、なにかいいことがある？　訴えたって、息子たちがよくなるわけじゃないもの」お母さんは言った。

ぼくは予感がしていた。いつもの曲をブランのために演奏できたら、そう、もしブランに聞かせることができたら、結び目とかかんぬきみたいなものが外れてドアがひらき、ブランはふたたびこの世界へもどってこられるんじゃないか。あの節まわしさえ、思い出せれば！　でも、例の夢と同じで、いつも、もう少しで捕まえられるというところで、するりと逃げていってしまうのだった。

ところが、意外にもモルガンさんがこう言った。

「夫のトムに考えがあるの」

モルガンさんの旦那さんは、ブランの音楽の先生だった。

「トムは、息子さんが作った曲を楽譜にしていたのよ」モルガンさんはお母さんに言った。「それを、来週の金曜にラジオ・キャメロットで流す予定なの。トムはお医者さんにたのんで、病室にラジオを持ちこむ許可をもらうつもりよ。もしかしたら、ブランに聞こえるかもしれないでしょ」

お母さんはあいまいに首をふった。「ブランにはなにも聞こえないのよ」

そのとき、ぼくは車いすにすわって、台所のすみにいた。頭に二つのことが浮かんだ。ひとつ目は、ラジオであの曲を流したら、またあの森にいけるということ。でも、いけるのは、前の晩に例の夢を見た場合だけだ。ああ、どうか、お願いだからあの夢を見させて！

二つ目は、もしあの森の中心へいけたら、なにかが見つかるかもしれない、ということだった。もしそれを持ち帰ることができれば、ブランを救い、解放してやれるかもしれない。ブランはうちへ帰れるかもしれない。

ぼくはお母さんにたのんだ。必死になってせがみ、しつこく言いつづけた。モルガンさんがラジオを持ってきて、あの曲を流すとき、ぼくも病院にいきたいって。だけど、許してもらえなかった。

お父さんは言った。「うちで聞けばいいだろう。台所で。アンジー・モルガンがきて、いっしょにいてくれるから」

金曜日は雨だった。どしゃぶりだ。ミツバチたちにはあいにくの天気だ。こんな日は、ハチたちは居心地のいい巣箱の中に入って、出てこない。

前の晩、ぼくは例の夢を見たから、もしかしたらうまくいくかもしれないと思っていた。いつもどおり、夢の内容は思い出せなかったけれど、余韻は感じられた。

三時になると、アンジーがラジオのスイッチを入れた。

「ラジオ・キャメロットです。丘と谷からメドレーをお送りします。まずは、十代の少年のかいたという美しい曲から。歌うのは、著名なテノール歌手ロビン・プライスです」ロビン・プライスがモルガンさんの友だちだというのは知っていた。プライスは、ブランの曲をおだやかに、すばらしく歌いあげた。ラジオから最初の三音目が流れたころにはもう、ぼくはうちを出て、バズビーばあさんの木戸を抜け、路地からぼくの森へと入っていた。そう、まったき中心へ。

そこでなにが見つかったかって？

ブラン兄ちゃんだ。ブランは、平和と光に満ちた緑の葉のアーチの下にいた。

「ここそ、最高の場所だよ、ヒュー」ブランはぼくに言った。「どこよりもすばらしい場所だ。おまえがいつももどろうとしていたのが、わかるよ。だけど、まだおまえの番じゃないんだ。いつかはおまえの番もくるけどな。だから、焦るな」

次に、目に入った人を見て、ぼくは仰天した。バズビーばあさんだったのだ。でも、元の大きさよりぐんと小さくなっている。まるで子どもみたいだ。おどろきに打たれ、すっかり言葉を失ってまわりをきょろきょろ見回している。頭上にかぶさる緑の葉の巨大なアーチを見あげ、足元のサクラソウのまわりをブンブンと飛んでいるミツバチを見下ろし、そしてぼそりと言った。

「知らなかったよ。こんなふうになっているなんて、知らなかった。しかも、すぐとなりにずっとあったなんて！」

そのとき、ブランの曲が終わり、ぼくは胸が押しつぶされそうな思いで、その場からひきはがされ、元の生活へ、元の台所へともどされた。アンジーがテーブルに頭をのせて涙の海におぼれ、かたわらでは電話が鳴っていた。

ぼくは車いすでそちらまでいって、受話器を取った。

「悲しい知らせだ」お父さんだった。「ブランはあの曲を聞いたよ、まちがいなくね。目をあけて、わたしたちに向かってにっこりほほえんだんだ。そして、息を引き取った」

そうか。

これ以上ないくらい、悲しかった。でも、本当ならもっと悲しがっていたかもしれない。だけど、心の奥底では、ブランがどこへいったのか、わかっていたし、そのこと自体は悲しいとは思えなかった。

ブランがどこにいるのかわかっているのは、心の慰めだった。ぼくもいつかそこへいくことになる。それに、ラジオでブランの曲が流れれば、ブランの姿をちらりと見られることもあるかもしれない。まえの晩にあの夢を見ていて、そして、雨の金曜日なら。

ひとつだけ、おかしなことがある。

お父さんが電話を切ったあと、アンジーとぼくは窓の外を見た。すると空が真っ黒になっていたのだ。町に砂嵐がやってきたかのように。

でも、砂嵐ではなかった。ミツバチだったのだ。バズビーばあさんの最初のミツバチたちがもどってきたのだ。ハチたちはまた、元の巣に住みついた。でも、ほんの少しの差だった。バズビーばあさんは、心臓発作で亡くなっているのを発見された。ちょうどラジオでブランの曲を流していたころだった。

バズビーばあさんには親戚はいなかった。天涯孤独だったのだ。かわいそうなバズビーばあさん。そこで、父さんがハチたちを引き取った。今、ハチたちはうちの裏庭にいる。ふわふわした毛に覆われた、親しげな虫たちは、ブーンブーンとハープ音楽のような音をたてて飛び回っている。面倒を見るのは、ぼくだ。それなら、車いすでも問題ない。ぼくはハチたちに、あらゆることを話して聞かせた。

ときどき、夢の一部を話すこともある。覚えているときは。

本当のうちへ帰る夢、と言ってもいいだろう。

ドラゴンのたまごをかえしたら

Hatching Trouble

むかし、クロウネスの町には、ドラゴンが住んでいました。クロウネスは小さな町で、あるのは、町の人たちの家と、教会と、学校と、ホテルと、食料品店と、フィッシュ・アンド・チップスのお店だけでした。その町を見下ろすように、ドラゴンはきらきら輝く緑と金の腕輪みたいに丘にからだを巻きつけ、てっぺんに頭をのせていました。メスで、名前はグリアといいました。

グリアは、ドラゴンとしては、人なつっこくて、愛すべきドラゴンでした。食べるとしても、悪い人とか、ゴミのポイ捨てをする人とか、駐停車禁止の場所に何時間も車を停めるような人とか、子どもを噛む犬くらいです。

「そんな連中がいなくなったところで、だれも困らないだろう?」マック町長は、歯医者さんのキャンベル先生に言いました。「グリアのおかげで、あれだけ観光客がくるんだから」

たしかにそのとおりでした。人々は、遠くからはるばるグリアを見にやってきました。海岸沿いの駐車場に車を停めて、丘の上までのぼり、五十ペンス払って回転ゲートを回して中に入り、さらにまた五十ペンス払って、ドラゴンにエサをやるのです。グリアの好物は空き瓶で、門の内側の巨大な容器にたくさん溜めてありました。

グリアがいちばん好きなのは、緑色の空き瓶でした（ミネラルウォーターか、ワインのボトルです）。次が茶色（ビールかウィスキー）、それから透明（炭酸飲料かレモネードか牛乳）の瓶でした。

コツは、瓶を空中に高く投げあげることです。そうすると、グリアは、丘に巻きつけていた首をさっとのばし、目にも留まらぬ速さで瓶を受け止めるのでした。

夏じゅう、観光客たちはうきうきとやってきては、瓶を投げてやりました。グリアは、飽きもせずに瓶を受け止めましたし、観光客も飽きもせずに、グリアをながめつづけました。

グリアはほかにも、錆《さ》びた乳母車とか、映らなくなったテレビとか、壊れたトースターや、使えなくなった冷蔵庫なども、片っぱしからむしゃむしゃと平らげました。

ところが、ある秋の日のことです。その日は、海から冷たい雨が吹きつけ、どんよりとした天気のせいで、観光客は一人もいませんでした。そこへ、馬に乗った一人の騎士がやってきました。騎士は、〈グリーン・ドラゴン・ホテル〉の宿泊帳に「グランドレイ・アップショット」と名前を書きました。

「わたしは、おまえたちの町のドラゴンを殺しにきたのだ」グランドレイ卿は、受付係をしているマック町長の奥さんに言いました。

「おんやまあ！　そんなこたあ、しちゃだめですよ」奥さんはびっくりして言いました。

「騎士というのは、ドラゴンを退治するものだ。そうでもなきゃ、こんないまいましい天気の中、わざわざこんなところまでくるはずないだろう！」

グランドレイ・アップショット卿は顔と手を洗って、防弾チョッキを着ると、紅茶を一杯飲んで、傘と盾と電光剣を持ち、丘をのぼっていきました。

回転ゲートで入場料を払うように言われると、グランドレイ卿はカンカンに怒りました。

「上等じゃないか。おまえたちのために厄介者を退治してやりにきたというのに！」

「厄介者？」入場係をしている、キャンベル先生の奥さんはききかえしました。「あたしたちのドラゴンは厄介者なんかじゃありません。王国のどこを捜したって、こんなふうにゴミを食べてくれる生き物はいやしませんよ」

「ドラゴンは害獣と決まっている」グランドレイ卿は言いました。そして、丘の上までいくと、いちばん手近にあったところ（後ろ脚でした）を剣でエイッと突き刺しました。

グリアはぎょうてんしました。なにしろ、百年のあいだ、だれもグリアのことを剣で刺したりしなかったのです。グリアは丘に巻きつけていた金のうろこのある首をのばしました。グランドレイ卿はウィスキーの瓶を投げました。容器から、お金も払わずにとったものです。グリアは火のように真っ赤な長い舌をシャッとのばすと、空中で瓶を受け止めました。けれども、それが最後の食事になりました。なぜなら、グランドレイ卿がすばやく電光剣を引き抜き、グリアの首を切り落としたからです。

「なんてことを！」キャンベル先生の奥さんは悲鳴をあげました。「いったいどうしてそんなことをしなきゃならなかったんです⁉」

「町を危険から救うためだ」グランドレイ卿は折りたたんでポケットに入れておいた大きなゴミ袋に、ドラゴンの首を入れました。

グランドレイ卿は、故郷の家の部屋という部屋の壁に、こうした首を飾っていたのです。とうぜん、しっぽや、頭としっぽのあいだだってありました。

クロウネスの町の人たちは、ドラゴンを失って、すっかり困り果ててしまいました。

ひとつには、観光客がこなくなったからです。入場料はとれなくなり、フィッシュ・アンド・チップスの店の客はいなくなり、駐車場から車が消えました。

二つ目の理由は、厄介なことに、缶やら瓶やら壊れたベッドの枠やらトースターがみるみるうちに溜まりはじめたことです。

三つ目の理由がなによりつらいものでした。ようするにみんな、自分たちのドラゴンがいなくなってさみしくてたまらなかったのです。町を見下ろすように丘にからだを巻きつけ、時おりもくもくと煙を吐いたり、温かい息で冬の雪を溶かしてくれたりしたドラゴンは、もういないのです。

「こりゃ、どう考えても、代わりが必要だぞ。ああ、どうしたってまちがいない」マック町長は言いました。

「でも、どこで見つけてくればいいんだい？」奥さんはさめざめと泣きました。

「ひとつ心当たりがある」歯医者のキャンベル先生が言いました。

一年前、グリアがかなり分厚いシャンパンボトルをなかなか嚙み砕けないでいるのを見たキャンベル先生は、グリアに麻酔をかけて、歯をぜんぶ調べてやったことがありました。一本歯が割れているのを見つけて、液形エポキシ剤を詰めて、治療してやったのですが、治療のあいだに、丘の斜面に小さな洞窟《どうくつ》があるのに気づきました。ふだんは、グリアのからだで入り口が隠れていたのです。さて、キャンベル先生はもう一度、丘へいって、その洞窟に入り、中を探してみました。そして、得意満面でホテルにもどってきたのです。

「見てください！　これがドラゴンのたまごでないなら、うちのレントゲン撮影機を飲みこんだっていいですよ！」先生はマック町長の奥さんに言いました。

ドラゴンのたまご（だとすればですが）は、大きさはティーポットくらいしかないのに、石炭袋よりも重さがありました。粗いざらざらした表面のあちこちにうろこや化石のかけらがくっついています。

「レントゲンをとってみるとか？　中身を確認できるじゃろ？」マック町長は言ってみました。

「まさか、あなた、だめですよ！　中にいるかわいそうな赤ちゃんになにかあったらどうするんです⁉」

「赤ん坊をかえすには、温めないと」キャンベル先生は言いました。「奥さん、おたくのオーブンに入れてもらうことはできませんかね？　ドラゴンは温血動物ですから……」

三人はため息をつきました。丘の上から吹いてきた、心地よい温風のことを思い出したのです。

たまごはフランネルのタオルに包まれ、オーブンの中にしまわれました。

「どのくらいかかるかしらねえ？」キャンベル先生の奥さんがたずねました。

「さあ、それについては、わからないね。何百年もかかることだってあり得る」

そう言いながらも、キャンベル先生はだいたい六時間かそこらごとにマック町長の家に寄って、たまごのようすを調べ、ひっくりかえしました。

「カツオドリとかウミバトみたいに巣を作る鳥を観察してきたところによると、くちばしを使って決まった間隔でたまごをひっくりかえしてるんですよ。ひな鳥がどっちかにかたむいて生まれてきたりしないようにしてるんじゃないかなあ」

それだけではなく、キャンベル先生はくるたびにたまごに話しかけたり、あやしたり、殻をたたいたりしました。

「テレビの教育番組で見たんですよ。生まれる前から子どもに話しかけろって言ってたんです。そうすりゃあ、人間の出す声には意味があるってわかるらしいです」先生は説明しました。

「へえ、本当かね？　とにかく早く生まれることを祈るばかりだわい。壊れた冷蔵庫の山がどんどん高くなってるからのう」マック町長は言いました。

ある朝、マック町長の奥さんが興奮したようすで言いました。

「コツンって音がしたんですよ！　オーブンからコツンって！」

そこで、みんなは卵を取り出して、フランネルのタオルをひらきました。

キャンベル先生はスプーンで卵をたたいてみました。

するとすぐに、中から反応がありました。トン！　トン！

「おーい！」と、キャンベル先生。

「とんかちでたたいてみようか？　それとも、弓のこでちょっくら手伝ってやるか？」マック町長は言いました。

けれども、キャンベル先生は言いました。「自然のなりゆきに任せましょう。オチビちゃんをおどろかせたくないからね」

先生は、卵に聞かせてやろうとカセットテープを持ってきました。ライオンのほえ声と、ワニのうなり声でした。

「つまり、かわいそうに、この子は母親なしで育つことになるでしょう？　同じ仲間もいない。だから、できるだけのことはしてやらないと」

　そしてついに、真夜中に卵にひびが入ったのです。マック町長は許しをもらって、とんかちでそうっとたまごをたたきました。

　卵は真っ二つに割れました。殻《から》は電話帳くらいの厚さがありました。そして中から、見たことがないほど小さなドラゴンが出てきたのです。

「あんれまあ、よかったねえ、かわいいオチビちゃんだこと！」マック町長の奥さんは大声で言いました。「オチビのジョーディって呼ぶことにするよ！」

　ところが、オチビのジョーディは、実際にはちっとも「かわいいオチビちゃん」ではありませんでした。キャンベル先生の中指ほどもないくせに、見たことがないほどぶさいくで、ガリガリにやせて、うろことトゲだらけなのです。けれども、ジョーディはたしかにドラゴンでした。まちがいありません。角も、かぎ爪も、翼も、長く突き出た鼻も、とさかも、うろこも、しっぽのトゲも、ちゃんとありました。小さな口をひらくと、小さなうなり声だって出ましたし、ちゃんと小さな炎も噴きました。

「たいへん！　お腹をすかせてるのよ！　ちいちゃな天使ちゃんにはなにをあげればいいかし

ら?」キャンベル先生の奥さんは言いました。

「そうだなあ、母親はガラスのかけらが好きだったから――」

「薬の瓶をミキサーで細かく砕いてみる?」マック町長の奥さんは言いました。

最初オチビのジョーディはガラスを食べることに不安を感じているようでした。フウフウフンフン鼻を鳴らし、歯をむき出しました。

「まさに虫の息よ! かわいそうにねえ」キャンベル先生の奥さんは嘆きました。

「ガスバーナーでガラスを熔かしてみるとか?」

結局、砕いたガラスを一滴のブランディと混ぜてみたところ、オチビのジョーディはぺろりと食べました。それどころか、さらに薬瓶三本と、マーマレードジャムの瓶もいくつか、すべてのみこんだのです。どうやらこれがドラゴンの食べ物ということで、まちがいないようです。実際、ジョーディは大きくなっていきました。

すぐに、キュウリくらいの大きさになりました。

そして、傘くらいの背丈になりました。

それから、ゴルフバッグくらいのサイズになりましたが、重さはそれよりはるかにありました。

キャンベル先生と、近所の人たちは毎日大勢でやってきて、ジョーディにエサをやったり、歌を歌ったり、いっしょに遊んでやったりしました。

「ジョーディを甘やかすなよ」マック町長は注意しました。

「でもほら、人間といっしょにいることに慣れないとねえ」奥さんは言いました。

オチビのジョーディと遊ぶのは、かなり危険な仕事でした。ジョーディは自分の力がわかっていませんでした。それに、かぎ爪は生まれたときからかみそりのように鋭いのです。おまけに怒りっぽい性質《たち》でした。

「思春期のドラゴンっていうのは、世話が焼けるのう」マック町長はため息をつきました。

「早く飛ぶことを覚えれば、そのぶん、よくなるんじゃないかねえ。あたしはぐちっぽいほうじゃないけどね、もう敷物を二十枚も黒焦げにされちまったよ。家じゅうの鏡は粉々に割られたし……」奥さんも言いました。

ジョーディは鏡に映った自分の姿を見ると、別のドラゴンだと思ってしまうのです。

「わたしが飛ぶことを教えましょう」キャンベル先生は言いました。ジョーディを見つけたのが自分である以上、町の人たちに迷惑をかけないドラゴンに育てる義務があると感じていたのです。

「そうすれば、そんなにイライラしてむずかったりしなくなるんじゃないかな。それに、運動も必要なんでしょう」

ところが、ドラゴンに飛ぶことを教えるのは、簡単ではありませんでした。

毎日、キャンベル先生はジョーディを連れて浜辺へいき、カモメやカツオドリやウミバトがせっせと飛んでいるようすを見せてやりました。ところが、ジョーディは鳥たちに嚙みつくだけで、自分が空を飛ぼうという考えは浮かばないようでした。

「見てごらん、ジョーディ、わたしのようにやってごらん！　こうやるんだ！」キャンベル先生は腕を上下にふりながら、砂浜を走りました。

ジョーディは、なにが面白いんだというように先生を見ました。ドラゴンにできるなら、しかめっ面をしたにちがいありません。

町の子どもたちは手伝いたがりました。けれども、キャンベル先生はだめだと言いました。

「きみたちを食っちまうかもしれん。悪気はなくてもな。わかるだろう？」

ジョーディは今やミニバスくらいありましたし、性質《せいしつ》もますます手に負えなくなっていたのです。

「あーあ、あたしたちはみんなで、あの子を甘やかしちまったね」マック夫人は嘆きました。

毎日毎日、キャンベル先生は砂浜をダッダッダッと行ったりきたりし、ジョーディもわけがわからないまま、そのあとをむっつりとよたよたついて回りました。どうしてこんなことで時間を無駄にしなきゃならないのかわからない、とでも思っているように見えました。

「ほら、ジョーディ、はばたいてごらん。こうやってはばたくんだ！」

ジョーディの翼は両脇にふてくされたように垂れていました。翼は大きくなっていました。そう、ジョーディは大きくなっていたのです。けれど、翼を使うという考えは浮かばないようでした。

一方のキャンベル先生はどんどんやせていきました。

「夫はくたびれきってるんですよ」奥さんは心配しました。

しかし、ある日、とうとう勝利の瞬間が訪れたのです!

風の強い、春の朝でした。(グリアのあとをひきつぐドラゴンがきたというニュースが、じわじわと周囲に広まったため)かなりの観光客が訪れていました。すると、とつぜん、重たい足取りでキャンベル先生を追いかけていたジョーディが、ふとはずみで翼を持ちあげ、ばさりと打ち下ろしたのです。

ジョーディは凧《たこ》のように上昇していきました。大空へ舞いあがり、ぐるりと回って、急降下し、すいすい飛び回って、カモメたちを怖がらせました。それから、ふわふわとおりていって、母親がやっていたのと同じように、山のてっぺんにからだを巻きつけました。

ひとつだけ、その途中で、丘でお弁当を食べていた観光客を五、六人ほどのみこんでしまったのは、あいにくでした。

一週間後、マック町長はキャンベル先生に言いました。「とてもじゃないが、うまくいかんよ。観光客が二十四人と、自転車に乗っていた郵便配達人だぞ。町の知名度はあがったかもしれんが、われわれの目指していた形とはちがう」

悲しいことでしたが、キャンベル先生もうなずきました。

「グランドレイ・アップショット卿に手紙を書くしかないと思っていたところです」

騎士が呼びにやられました（運よく、ホテルの宿帳に住所が書いてあったのです）。

グランドレイ卿は、丘のてっぺんにドラゴンがからだを巻きつけているのを見ると、目をきらりと光らせました。

「六角獣だ！　ほら、あの角！」

「言っておきますが、母親とちがって、のんびりした性格じゃありませんよ」マック町長の奥さんは言いました。

「鎧《よろい》をつけるつもりだ」グランドレイ卿は言いました。

ピカピカのかぶとと盾と胸当てと腿当てをつけたグランドレイ卿は、電光剣を持って、丘をのぼっていきました。

すると、チビのジョーディはパクッ、シュウウウウ、ゴックンと、ひとのみで卿をのみこんでしまいました。

「まあ、大変。いったいどうすればいいの？」キャンベル先生の奥さんは言いました。

けれども、完全武装の騎士は、チビのジョーディのまだ大人になりきっていない消化器官にはいささか負担が重すぎました。ジョーディはしゃっくりがとまらなくなって、胸焼けを起こし、けっきょくそれが命取りになりました。

今、クロウネス・ウィークリー新聞にはこういう広告がのっています。「やさしいドラゴン求ム。交通費全額支給」

というわけで、もしあなたがやさしいドラゴンなら、どこにいけばいいか、わかりますよね？

怒りの木

The Furious Tree

むかし、千年以上も前のこと、はらぐろい領主がいた。名は、ガストン・デュ・ガール卿といい、なによりも好きなことは、戦争することと、野生の動物を狩ることだった。卿の主である国王は、たくさんの戦いで戦ったほうびとして、裕福な女相続人のダム・イザベル・ドゥ・ヌーヴと結婚させた。ダム・イザベル・ドゥ・ヌーヴの領地には、九つの村と九つの教会、何百エーカーという豊かな小麦畑に、青々とした牧場があった。イザベルはよく笑うほがらかな女性だったけれど、ガストン卿と結婚させられると聞いてからは二度と笑わなかった。ガストン卿のことが大嫌いだったのだ。けれども、国王に逆らおうとする者はいない。こうして結婚式が執り行われた。花嫁の広大な土地はガストン卿の手に渡り、イザベルは、森の真ん中にある、卿のグリム・ガール城で暮らさなければならなくなった。レディ・イザベルのさんさんと陽の照る牧場や黄金色の小麦畑、肥えた牧草地や実り豊かなブドウ畑、水車場や農家、羊舎や鳩小屋、そして九つの村はすべて、森の西側にあった。

ガストン卿は、結婚式が終わり、すべての書類にサインがすむやいなや言った。「さあ、これから、村も農場も教会もすべて取り壊す。そのあとに木を植えて新しい森をつくり、もともとわたしのものだったとなりの森とあわせて、王国じゅうでいちばん大きな森にするつもりだ。そして、一日じゅう森で狩りをして過ごすのだ（もちろん、陛下に戦争に召し出されたときは別だがな）」

レディ・イザベルはぞっとした。「わたしの村を取り壊す？　わたしの小麦畑に木を植える？　でも、村の人たちはどうするのです？　村は九つあるのですよ！　千人近くの人が住むところを失ってしまいます！」

「ならば、出ていって、新しく住むところを見つければいい」そして、ガストン卿はすぐさま鎧《よろい》をつけた兵士たちをやって、家を取り壊し、人々を追い出した。家の持ち主は、豚やヤギやウシやニワトリを持っていくことも許されなかった。ガストン卿が、家畜はすべて領主のものだと言ったからだ。

「でも、どこへいけというのです？　どうやって生きていけと？」レディ・イザベルは問いただした。

「わたしの知ったことではない」ガストン卿は答えた。

人々が家を追い出されたのは、秋だった。雪まじりの冷たい風が、森の東にのびる山脈を越えて、吹きつけてくる。村の人々は泣いて懇願し、うめいて呪いの言葉を吐きながら、家を出ていったが、兵士たちは気にもとめなかった。彼らは別の国からきた兵士たちで、小さな子どもや足を引きずって歩くのもままならない老人のいる家族が、自分たちの台所から放り出されようが、炉辺から追い出されようが、どうでもよかったのだ。みじめなようすで目的地もなくとぼとぼ歩いていく村人たちの背後では、兵士たちがさっそく石塀を打ちたおし、わらぶき屋根に火をつけ、ニワトリや家畜を領主の家畜小屋や干し草置き場に運んでいた。

数日後の夕方、ガストン卿は村のひとつへ、命令がとどこおりなく行われているかをたしかめに出かけた。赤毛の大きな軍馬にまたがり、自身のたっぷりとした赤い髪をなびかせながら村へ入っていくと、建物はすでに半分取り壊され、ふみしだかれた庭を銀色の霜が覆いはじめていた。頭上の薄青の空に、緑がかった宵の明星がくっきりと見える。通りから見て反対側の、煙突のむこうに、名前を持たない輝き——彗星《すいせい》が、魔女のほうきのような点々ときらめく尾をさび色の西の天空になびかせていた。

村人たちの中には、新しく現れた驚異を目にして十字を切る者もいた。一方で、小声でののしる者もいた。

「おそろしい災難がやってくるとしか思えん、空をあんなまがまがしいものがわたっていくんだぞ？　いったいどこから現れやがった？　これまで姿を見せたことはなかったのに？　どうりでこんな不幸が降ってきたわけだ！　あのちらちら光ってるもんは、不幸の場所からきたにちがいねえ。〈赤いけもの〉と関係あるに決まってる」

　村人たちは、ガストン卿のことをそう呼んでいた。

　しかし、ガストン卿の彗星に対する意見はまったく逆だった。

「わたしに幸運をもたらしてくれたのだ！」ガストン卿はほれぼれと彗星を見あげた。「西の空のあの星がのぼってきてからというもの、わが運はうなぎのぼりだ。しかも、わたしと同じ赤い髪を持っているのだからな」（彗星が、ランタンの投げかける光のように長々となびかせている二重の尾は、赤みをおびていた）

　村の外れでガストン卿は、追い出された村人たちの打ちひしがれた列に追いついた。それぞれに大きな包みや箱を持ち、泣いている子どもを肩にのせ、犬たちは低いうなり声をあげながらとぼとぼとかたわらに従い、猫たちはバスケットの中でミャアミャア鳴きさわいでいる。

　これ以上、ひどいことになるとは思えなかったが、それでもガストン卿を怖れて、思っていることを口に出す者はほとんどいなかった。だが、館の主が馬を走らせ、無関心なようすで自分たちを見下ろしているのを見て、ひそかに呪いの言葉を吐く者や、こぶしを震わせる者もいた。ガストン卿にとっては、村人などゴミにすぎず、土地をすべて自分のものにするために目の前から一掃すべきものでしかなかったのだ。

そもそもガストン卿は、人間というものが嫌いだった。かつて子どもだったころは、兄のことを心から嫌っていた。たまたま兄が崖から落ちたおかげで、ガストン卿は運よく今の地位と財産を受け継ぐことができたのだ。なぜ兄が崖から落ちたのかという疑問を口にする者はいなかった。

「いいぞ、さっさと立ち退け。早くしろ。ここから出ていくんだ、みじめな愚民ども。一人残らず消え失せろ、おまえたちのようなクズどもはな！」ガストン卿は、とぼとぼと歩いていく人々に向かってどなった。「すぐに緑のオークの木々が育ち、ここはだれもいない森となって、聞こえるのはアカシカが葉をゆらし、イノシシがしげみにもぐりこむ音だけとなる。そのしじまに、わが狩りの角笛の音がひびきわたるのだ」

「そして、すばらしい平和とすばらしい静寂が、訪れるだろう。この、ひとでなしめ！」挑みかかるような声がひびき、みじめな行列から背の高い老女がすっと出てきて、燃えるような目でガストン卿をねめつけ、こぶしを握りしめた。「その平和を楽しみ、アカシカが葉をゆらし、イノシシがしげみにもぐりこむ音に耳をすませているとき、おまえに家と暮らしをうばわれ冷たい地面の上で朽ちた骨となり果てた村人たちのことを少しでも思い出すといい。恥知らずの悪党！いまわしき略奪者め！」

「だまれ、みにくい老婆め！」ガストン卿はさけんだ。「おまえの主に向かって、なんという口のきき方だ！　おまえの言うことに、だれも耳など貸さんわ！　去れ！　地獄にでもどこにでも、いくがいい！」そして、兵士を呼んで、老婆をムチ打って急がせるよう命じた。しかし、兵士たちはなかなか命令に従おうとしなかった。

そのうち一人が説明をした。「ご主人さま、あの者は村のまじない女なのです。並外れた力を持っているといううわさです。怒らせるのは、よくありません」

老女が歩いてくると、ガストン卿の乗っている軍馬はフウウと鼻を鳴らして、後ろ足で立ちあがった。老女はがっしと手綱をつかんで馬を落ち着かせ、なおも鋭い口調で乗り手に向かって言った。

「ああ、そうとも！　そうともさ！　狩りの角笛でも鳴らすがいい、ご立派なご主人さま！　角笛の音がいつまでも森にひびきわたらんことを！　空っぽの沈黙の地でいつまでも馬を走らせんことを！　そうさ、赤い尾を引いて天空を駆ける彗星が、遠い宇宙の果てまでたどり着き、ふたたびわれわれの空にもどってくるまで、何百回という旅をするまで！　おまえの黒い魂が宇宙を旅して探し求めても、決して求めたものは見つかるまい。狩り！　そうだ、おまえは狩りをするのだ！　せいぜい狩りを楽しむのだな、勇猛な狩人どの！」

そして、左手に持っていたハシバミの杖でガストン卿の馬をたたいた。ごく軽くたたいたように見えたが、馬は甲高《かんだか》い声でいなないたかと思うと、横へ跳びのき、荒らされた小さな庭を踏みしだいて、廃墟となった小屋のあいだに突っこんだ。

「その老婆を捕まえろ！」ガストン卿が手綱を思い切りひっぱったので、馬はまた棒立ちになった。「老婆を捕まえて、木に釘で打ちつけてやれ！」

兵士たちは命令を受けて走りだしたが、踏みにじられた道をきょろきょろと見回した。老女の姿は忽然と消えていた。

ただ声だけが、そして怒りに満ちた笑い声だけが、破壊された家々にはさまれた村の通りにひびきわたった。

「ああ、そうとも！　おまえは狩りをするのだ！　旅をするのさ！　旅をするのだ、いつまでも、いつまでも、いつまでも、いつまでも……」

「ひっとらえよ！」ガストン卿は、けんめいに馬を落ち着かせようとしながらどなった。「老婆を捕まえてしばりあげ、あの木にはりつけにするのだ」

ガストン卿は村の外れに生えている大きな栗の木を指さした。しかし、兵士たちは老女を捕まえることはできなかった。老女の姿はどこにもなかったのだ。

兵士たちは恐怖で汗をだらだら流しながら、十字を切って木を見つめた。百メートルはあろうかという大木で、幹は皺《しわ》が寄ってよじれ、秋の嵐のためにほとんど葉は残っていない。長い年月を生き抜いてきた中で、幾度となくおそろしい嵐に耐えてきたことが、ひと目で見て取れる。幹のてっぺんと、枝も半分ほどが折れて、ぎざぎざになった無残な断面だけが残され、施しを乞うかのように幹からのびている。幹のとがった先は魔女の帽子を思わせ、その下の幹には、大きな裂け目がぱっくりと口をあけている。実際、その木全体が背の高い女に奇妙なほど似ており、傷だらけの腕をのばし、怒りでさけんでいるかのようだった。

「老婆を見つけ、あの木にはりつけにするのだ！」ガストン卿はふたたび命じた。

「しかしながら、いないのです！　どこにも見当たりません。それに、その、あの木、木は──」

しかし、木のおそろしく奇怪な点を、ガストン卿に告げる勇気のある者はいなかった。つまり、ほんの十分前までは、あの木はなかったのだ。

そのころには、寄る辺ない村人たちの列はみるみる暮れていく夕闇の中に消え、畑のむこうから悲しげな声だけが聞こえていた。この畑もすぐに、新しく木々が植えられることになるだろう。

一方、こちらの、新しく現れた木は、むかしから村の通りのつきあたりに生えていたかのようにくたびれきって見えた。しかし、ガストン卿は木には目もくれなかった。一本の木など、関心を払うに値しない。ガストン卿は馬の頭を返し、のろのろと反対の方向へ進みはじめた。血気あふれる人生において初めて、次にすることにむとんちゃくになったかのようにも見えた。

数か月後、ガストン卿の妻は息子を産んだ。が、出産の際に、レディ・イザベルは亡くなってしまった。お付きの女官やグリム・ガール城の人々は、老女の呪いだとささやきあった。あの日以来、ガストン卿はなにひとつ、うまくいかなくなっていた。

ガストン卿はわざわざもう一度結婚しはしなかった。息子はジョンと名付けられたが、父親はほとんど関心を払わず、息子を見ても、不機嫌そうな顔をしたりとげとげしい言葉を投げつけたりするだけだった。二人の性格はまったくちがい、息子がやることなすこと、卿は気に入らなかったのだ。

母親に似て、ジョンはおおらかで幸せに満ちた子どもだった。ジョンが手入れをした草木はよく育ち、病気の動物は元気になり、誕生日には太陽が輝き、森で迷うことはなく、なんでも楽々と学び、とっておきの草木の生えたところや森のお気に入りの場所に必ずもどることができた。

十三歳の誕生日に、ジョンは父親のところへいった。「父上、ぼくはグリム・ガール城を出ようと思います。これからは自分で生きていきます」

「ならば、いくがよい！　いい厄介払いだ！」ガストン卿はどなった。「おまえがどこで暮らすことにしようが、わたしには関係ない。どうせすぐに飢えて、泣きついてくるにちがいない」

「いいえ、飢えることはありません」ジョンはそう言うと、荷物を背負い、ハシバミの杖を持って、城の番犬を最後にもう一度なでると、口笛を吹きながら出発した。

「いったいどうやって食っていくつもりだ？」息子のうしろ姿に向かって、父親はせせら笑った。

「運に任せます」ジョンは答えた。

そして実際、ジョンは運に任せて日々を暮らした。ランの花やめずらしい小鳥の巣や小道を横切るイタチ、シダのしげみに隠れたメギツネと子どもらを見逃すことのない鋭い目は、人々が落としたりなくしたりしたものをやすやすと見つけ出した。ゆく道をたどりながら、靴のバックルや銅貨やナイフ、ブローチやあぶみといったこまごましたものがきらりと光るのに気づいては、そうしたものをひと切れのパンや一杯のスープと取りかえるのだった。

いちばんよく見つかるのは、蹄鉄《ていてつ》だった。その当時、道というのは泥だったり粘土だったり砂や小石だったりしたし、蹄鉄を打ち直してくれる鍛冶屋もたいていい遠くにしかなかったから、蹄鉄が外れたら、あとは次の村まで馬は足を引き引きいくしかなかったのだ。

運に恵まれた日の終わりには、旅人のよく通る道なら、蹄鉄九個か十個ぶんほど豊かになることができた。そんなときは、日が暮れたときにたどり着いた村の鍛冶屋へいって、集めた蹄鉄とひきかえにひと晩の食事と宿を与えてもらった。時おり、相手が忙しそうなときは、一、二週間ほどとどまって、鍛冶の仕事を手伝うこともあった。ジョンはすぐに仕事を覚えたから、一生ここで働かないか、と誘われることもよくあった。いつもにこやかでいっしょにいて気安かったし、その上、歌や物語を数えきれないほど知っていた。けれども、ジョンはいつも断った。

「どうしてひとところに長くとどまらないんだね？」そうきかれることもあったが、こう答えた。

「父のせいです。父は、たくさんの人をひどい目にあわせたのです。そのことを考えると、昼と言わず夜と言わず心が痛んで、決して休まることはありません」

「だが、父親が罪を犯したからといって、きみの罪になるわけではないだろう」

「われわれはみな、同じこの世界で暮らしていますから」ジョンはそう答え、夜明けとともに発ち、口笛を吹きつつ旅をつづけるのだった。

旅の途中で会った人たちは、彼のことを〈蹄鉄のジョン〉と呼ぶようになり、やがて幸運をもたらす者とうわさするようになった。荒野や市場、浅瀬を渡っているときなどに彼に会うと、そのあとすぐにちょっとした幸運が訪れるらしい、というのだった。

ジョンについての歌も歌われるようになった。もしかしたらジョン本人が作ったのかもしれない。

蹄鉄のジョン、蹄鉄のジョン
父の罪を背負い
壊れたものは、直せない
始まったことは、終えられない……

ガストン卿はどうしていたのだろう？　ジョンが城を出てからというもの、日を追うごとにふさぎこみ、口数も少なくなっていった。毎朝、狩りに出かけるのを日課としていたが、獲物を追う楽しさも減っていくようだった。召使いや兵士たちは、卿はしょっちゅう耳をすませているようだと言い合った。なにかを聞いているようなのだ、ほかのだれにも聞くことのできない、遠くから聞こえる声を。そしてある日、一人で馬に乗って森に入っていって、二度ともどらなかった。日が暮れたころ、馬だけはもどってきたが、森じゅうをあちこち探しても、ガストン卿は見つからなかった。こうして一か月がすぎ、人々はあっとおどろくことになった。大きな栗の古木の根元に、ガストン卿が横たわっているのが見つかったのだ。栗の木が生えているところは、かつては人通りの多い村の道の外れだったが、今では、まわりに若木が新しく植えられ、森の真ん中になっていた。

ガストン卿は飢え死にしたようだった。すぐそばの小道を毎日のように人が通っていたというのに、ふしぎなことだった。

ガストン卿の死後、地位と財産は息子に受け継がれることになっていたから、蹄鉄のジョンを見つけようと国じゅうで捜索が行われた。たくさんの人々が、つい最近ジョンを見かけたとか、このあいだ見たとか、去年見たとか、その前の年に見たなどと申し出たけれど、今どこにいるのかを知る者はいなかった。けっきょく、その後、ジョンは二度と姿をあらわさなかった。法律家たちが相続について話し合っているあいだも、森の木はどんどん大きくなり、グリム・ガール城は朽ちてぼろぼろになってしまった。だれも住みたがらなかったし、住む権利もなかったためだった。

十年の月日が流れ、百年が過ぎ、五百年がたって、やがて千年になり……

けれども、蹄鉄のジョンの物語は、国じゅうで語られつづけた。さまざまな伝説が生まれ、歌が歌われた。ある男のおじいさんが道でジョンに会ったとか、大叔父さんが広場で見かけたとか、近所の人が村の草地で歌声を耳にしたとか、いとこがはるか遠くの村落の鍛冶屋に聞いたところによると、気のいい男がやってきて、一杯のシチューと馬屋でひと晩過ごすのとひきかえに蹄鉄を五、六個置いていったとか。こうして蹄鉄のジョンの物語は、生きつづけた。

では、ガストン卿は？　人々がガストン卿のことを思い出すのは、赤い彗星がもどってきたときだけだった。彗星は九十九年に一度、空に姿をあらわした。「赤いけものが、罪を犯した場所にもどってきたよ」と土地の人々は言って、西の空に流れるように浮かぶ赤い尾を見あげるのだった。そして、首をふりながらこうつづける。「やつはまだまだ休めないさ！　森の〈怒りの木〉がまだのびているうちはね」こうしてガストン卿が作った森は、〈怒りの森〉と呼ばれるようになった。

さて、ここでもうひとつ謎がある。ガストン卿が死んで、レディ・イザベルと並んで葬られたあと、卿の遺体が発見された大きな栗の老木がいきなり消えてしまったのだ。そう、現れたときと同じように、とつぜん、説明のつけようもなく。地面にはなんのあともなく、ラムソンとカタバミと野スミレがむかしからずっとそうだったかのように、おだやかに花を咲かせていた。巨大な木があったことを示すものは、なにひとつなかった。

しかしその後も、森を通りかかった旅人が〈怒りの木〉をちらりと目にすることがあった。草地の反対側とか、遠くの谷間などに。そして、そうした旅人の多くが、木の根元に黒っぽい服を着た男が立っているのを見たと言うのだった。男は頭《こうべ》を低く垂れ、ガタガタ震えながら、慈悲をこいねがうかのように体をゆらし、両手をもみ絞っていたという。それがガストン卿であることを、疑う者はいなかった。長い長い刑に服しているのだと。ガストン卿が姿を現すのは、彗星が近づいたときだけだった。彗星がふたたび宇宙の果てに消えると、ガストン卿もまた姿を消した。

千年のときが過ぎ、新しい時代がやってきた。人間の数は増え、町は大きくなり、ひらけた地へと広がっていった。寿命ものび、人々が家族で暮らす家も、より大きなものが求められるようになった。〈怒りの森〉の外れにも、ニューナインハムという町が生まれ、やがて人口五万人ほどの大きな町となった。森もこのごろでは〈生かしの森〉と呼ばれている。けれど、地元の学校の子どもたちのあいだでは、蹄鉄のジョンと悪しき領主と〈怒りの木〉の物語はあいかわらず語りつがれていた。

そして、森の真ん中を通る新しい高速道路が造られることになった。町と新しい道路のあいだの三日月形の土地に、千軒もの新しい家が建てられるという。

地元の人たちは、この計画に反対した。森を真っ二つにする道路をつくるなんてまちがっている、この森ははるかむかしからあって、歴史というものが文字で記されるようになるまえからずっとそのままの姿で保存されてきたのだ、と人々は言った。

しかし、別の考え方をする人たちも大勢いた。あの森は悪と災いに根ざしている、とその人たちは言った。金持ちの領主の狩り場をつくるために、九つの村の人々が家から追い出され、飢えと寒さで死んだのだ。そんな森を残しておくことはない、木を切り倒して記憶から消してしまおう、というのがその人たちの意見だった。新しい家を建て、人々が喜んでお金を払って、その家で家族と暮らすほうがずっといいではないか、と。レディ・イザベルも、自分の土地がようやくいいことに使われることになれば、喜ぶだろう。アカジカとイノシシを日がな追い回すような傍若無人《ぼうじゃくぶじん》な男たった一人の楽しみのためではなく、多くの人たちに役立つことになるのだから。そう考えるのは、歳取った人たちに多かった。こうした家を買って住むことができる人たちだ。

若い人たちは、道路の建設と新しい住宅地の開発に反対した。少なくとも、別のところでやってほしいと考えた。何百年もまえからある森を、そのままの姿で保存したい。こうした考えの若者たちは、開発の危機が迫っている場所にツリーハウスを建てたり、新しい道路がしかれる予定の場所にトンネルを掘って、安全に工事をできなくしたりした。彼らは、ナトキンとかピグレットとかホブヤー、タービー、正直ジム、蹄鉄のジョニーなどと名乗りはじめた。

蹄鉄のジョニーと名乗る少年は、地元の子どもたちが〈生かしの木〉と呼んでいる栗の大木に立派なツリーハウスを作った。栗の木は、子どもたちの記憶にあるかぎりむかしからあったし、子どもたちの両親にしてみてもそれは同じだった。幾度となく冬の嵐に打ち砕かれて傷つき、腕を思わせる折れた枝がなにかを訴えるかのようにのびている。てっぺん近くの、あんぐりとひらいた口のような穴は、ブルドーザーとチェーンソーを携えてやってくる開発業者に食ってかかっているようにも見えた。

蹄鉄のジョニーのツリーハウスは小枝と生垣を刈りこんだときの枝を材料にして、腕を思わせる折れた枝のあいだに押しこめるように造られていた。うしろの、どっしりとした老いた幹には穴があいていて、ジョニーはそこに本と食べ物をしまっていた。防水のカバーも用意し、鎖《くさり》を木に釘で打ちつけてある。ブルドーザーとクレーン車が襲ってきたら、自分の手に手錠をかけてその鎖につなぐつもりだ。そうすれば、弓のこがないかぎり、切り離すことはできないだろう。

それまでは、すっかり居心地よくツリーハウスに収まり、詩を書いたり、歌を歌ったりしながら、巨大なクレーン車がやってきて襲ってくるのを待ち受けていた。負けずにやりかえしてやる。

クレーン車でもそう簡単にジョニーを負かせないだろう。

「蹄鉄のジョニー……」木の上でジョニーは歌いはじめた。

蹄鉄のジョニー、一人で歩く
父親の過ちを背負い
ある日、そういつか、門はひらく
失われたものは見つかり
壊されたものは直され
居場所を見つけるだろう……

歌いながら、眠ってしまったのだろうか？　というのも、しばらくして、電話の音が聞こえたような気がして、はっと目を覚ました。でも、それから、携帯電話は持ってきていないことを思い出した（まえは持っていたけれど、鎖を買うため売ってしまったのだ）。

しかし、半分寝ぼけたまま、ジョニーは言った。「もしもし、どなたですか？」

「ジョンだ」相手は答えた。「ジョンだよ」

「ジョン？　ジョンってだれです？　ジョンなわけないでしょう？　ぼくがジョンなんだから！

（ジョニーはジョンの愛称）」

「下を見ろ」

ジョニーは下を見た――少なくとも、高い枝に作られた巣から、見たと思ったのだ。頭上では月と星が輝き、彗星が赤茶けた光を放ちながら、西の空の低いところに尾を引いていた。下に目をやると、ツリーハウスのある大きな木の根元に、黒い服を着た男がおそろしい痛みに耐えかねるようにからだを折り曲げ、地面にひざをついていた。

「あれはだれです？」ジョニーはささやくように言ったが、答えはわかっていた。

「名など、どうでもいい。彼は自分のやったことを悔いているのだ。だが、どれだけ悲しんだところで、過ちを正すことはできない。なにをもっても、正すことはできないのだ。だが、進むことはできる。もっといいことができるのだ。過ぎてしまったことをいつまでも嘆きつづけてもしようがない。橋を造り、前へ進んで、新しい生のために新しい枠組みを作るほうがずっといい」

「ですが」そのころには、ジョニーは自分がだれと話しているか、わかっていた。「彼女はどうするのです？」

「彼女？」

「彼女です、木です、まじない女のことです。彼を宇宙でずっと追い回していたのは、彼女じゃないんですか？」そして、ジョニーは言いにくそうにつづけた。「それって、同じくらいひどいことじゃないんですか？　つまり、責められるのも責めるのも。つらくはないんですか？　相手と同じように、責めるほうもつらい思いをしているんじゃありませんか？」
「そうだ、そのとおりだ。罪の意識や深い苦しみと向き合うには、それを共にわかち合うしかない。風に運びさってもらうしかないのだ」そして、彼は歌った。

わたしは蹄鉄のジョン、パンのために歌い
世界の重みを頭にのせ
夕食のために歌い、木々に話しかけ
のんびりと暮らし
すべてをわかち合おう、
悲しみも、苦労も、栄光も、空気も
共にわかち合おうではないか！

歌い終わると、ジョンは言った。「町を造らせればいい、どうしてもというなら。また別の森が、別のところに生まれるだろう」
ジョニーがふたたび下を見ると、黒い服を着た男はいなくなっていた。しかし、ジョニーはがくぜんとした。代わりに、トラックがきていたのだ、キャタピラで音もたてずに地面を踏みつけながら、こっそりしのびよってきたのだ。そして、クレーンをじりじりとのばしはじめた。ひょろっとしたアームがのびてくる……

「ジョン！　やつら、ふいうちを計画していやがったんだ。だが、待てよ。おれが鎖にからだをつないで――」

「鎖のことなど忘れろ、ジョニー。その必要はない。こっちがふいうちを食らわせてやればいいんだ。いいか――」

東の空にうっすらピンク色に染まったところがある。森のむこうから太陽がのぼってくるのだ。クレーンが淡い光を背景に黒い骸骨のようにゆっくりとのびていくさまは、クモが重力に逆らって上へ上へと巣を作っていくさまを思わせた。操縦席にいる男たちは、クレーンを必要な位置までのばすことに集中していたから、そのあいだはほかのものに目がいかなかったのだろう。しかし、ようやく作業を終えてまわりを見回すと、おどろいて叫び声をあげた。

「木はどこへ消えちまったんだ？」

「どこへいくっていうんだ？」

「たった今まで、ここにあったんだ。だろ？」

「木がただ消えるなんて、ありえるか？」

「でも、ここにあったやつは消えたんだよ！」

たしかに木は消えていた。さっきまで木があった、ツリガネスイセンの草むらの上に少年が一人、すわっている。手錠をつけ、そこからのびる鎖を持って。顔には満面の笑みを浮かべていた。

「弓のこはありますか？」少年はたずねた。

「木はどこへいったんだ？　もともとなかったなんて言っても信じないからな！　それに、さっきおまえが上にいたときに、しゃべっていた相手はだれだ？　聞こえてたんだぞ！　もう一人はどこへいった？」

「しゃべっていたのは友だちです。でも、みんないってしまいました。どこか別のところへ。彼らにはほかにやることがあるんです」男たちが手錠を外してやると、少年は礼を言った。「ありがとう。この鎖、いります？」

そして、少年は歌いながら去っていった。

「蹄鉄のジョン、どうするんだい？

馬がいなくなって、蹄鉄がいらなくなったら？

おれは日のあたる場所をぶらぶら歩き、

嵐をくぐりぬけ

また別の幸運を探すさ！」

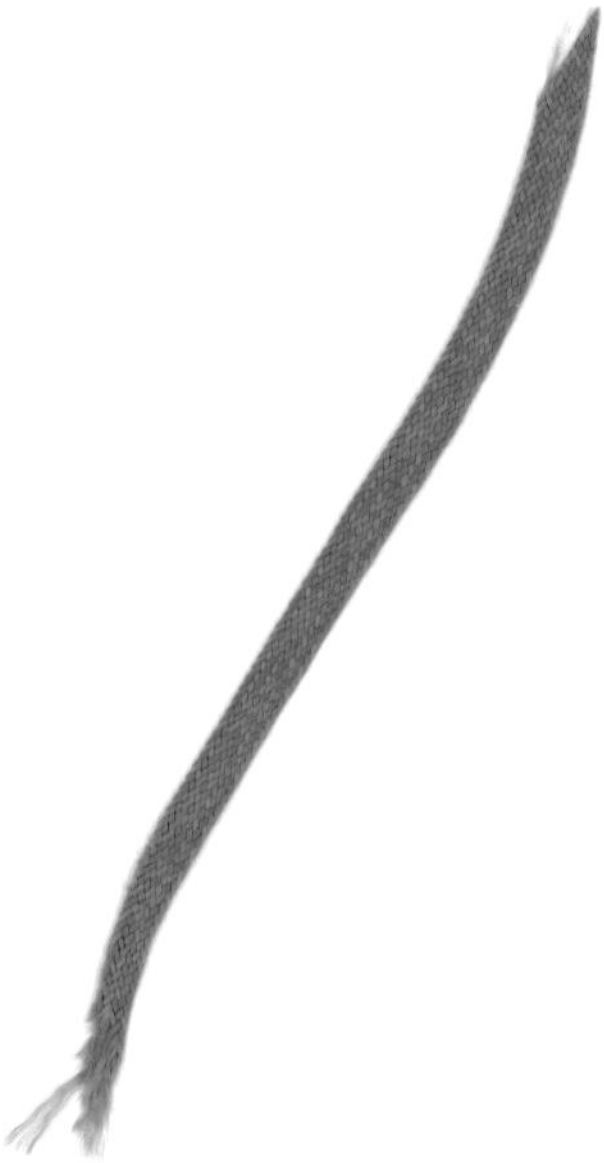

ふしぎの牧場

The Mysterious Meadow

サラ・ラザロが死んだのは、九十四歳のときだった。サラは六十年間、ハイベリー村をあがったところにあるフォックスヒル農場を所有し、生涯、手放さなかった。ラザロの一族は葬式に出るために、一堂に会した（正確には全員ではなかったが）。遺言状が読みあげられるのを聞いて、農場がどうなるのかを知るためでもある。フォックスヒル農場はハイベリー丘一帯に数百エーカーにわたり広がっていて、ロンドンからも近かったから、今ではかなりの価値があった。

「ばあちゃんがこんなに長いあいだ、ここにしがみついていたのがふしぎだよ」孫の一人でシカゴからきた、縦にも横にも大きいソール・ワッジは、いとこのマーク・ブリスキットに言った。マークはマンチェスターの大学で教えていた。ソールはアメリカじゅうに遊園地を九つ持っており、十箇所目をオープンしようとしていた。

「おばあちゃんは、立派な作物を育てていたんだよ。パセリやバジル、ヒマワリの種もね。おばあちゃんとトッドおじさんは、ほかの人がまだ聞いたこともないうちから有機栽培を始めたんだ。

大きなホテルやスーパーにおろしていたんだよ」

「木の下に埋めてほしいと言ったのも、わかるな」

「変わってるわよねえ、正直、気持ち悪いわ！」ペチュニア・ワッジが言った。ソールの妻だ。

「木の下に埋めるわけ？　どういうお墓なのよ、それ」

葬式は、ブナの若木の下で行われた。ハイベリー広場に並んで広がる丘の牧草地と畑のあいだに防風林の役割を果たしている細長いブナ林があり、そのうちの一本だ。

オチビのリッキー・ワッジは玄孫の中でいちばん小さい男の子で、広場との境にあるしげみですでにブラックベリーを見つけ、頬にむらさきの汁をつけていた。

「リッキー！　そこから出てらっしゃい！　いったいなにを見つけたの？　毒かもしれないでしょ！」

リッキーの母親のララは、シカゴに残って生後六週間の妹の面倒を見ていた。リッキーの祖母のペチュニアは怒って孫を追いかけはじめたが、ピカピカの黒い七センチヒールにラベンダー色のタイトスカートというかっこうでは、追いつけるはずもない。なにしろ孫のほうは、大はしゃぎで爆竹より速く飛び跳ねているのだ。マンションの二十一階で育ったリッキーは、こんなにたくさんの草を見たのは初めてだった。

大人になった四十人の子どもと孫たちは、遺言状のことで話し合っていた。サラ・ラザロは長生きだったから、三人の息子と二人の娘に先立たれていた。

「孫一人につき二エーカー⁉　好きに選べだって⁉　いったいどういう根拠でわけろって言うんだ？　コンピューターが五台はいるよ。それに、どうやって全員を見つけりゃいいんだ？」

サラの息子のうちの一人、ルークはブエノスアイレスに引っ越していて、六人の子どもがいた。葬式には、一人もきていない。

「だれがどこをもらうか決めるだけでも二十年かかるよ」トッド・ラザロの長男のタイタスがうめいた。「こうしてるあいだも、交通省は丘にバイパスを通したがってるし、モコ・スーパーマーケットがぜひとも店を作りたいと言ってるのに……」

タイタスが怒りに任せてブナの実を踏みつけた。臆病なリスが上の枝から落としたものだ。金色に染まった葉が、ひらひらと散りはじめていた。

九月の暖かい日差しの中、サラ・ラザロの子孫たちは祖母の遺言状を手に、かっかしながら歩き回った。

「それに、この条項はどうするの？　ティターニアの土地っていうのは？　いったいどこの畑のことなわけ？」

「ブナ林の先の牧草地のことだよ」マーク・ブリスキットが、フロリダに住んでいるいとこのデインジーに説明した。

「そこは〈旅人たち〉にゆずるって、ひいおばあちゃんはどういう意味で言ったの？　〈旅人たち〉っていったいだれのこと？」

マークが答えた。「ジプシーって呼ばれてた連中のことだ。むかしから、あの場所を野営地に使ってたんだ、中世のころからね。子どものころ、見たのを覚えてるよ。ぼくは休暇のたびにここにきてたからね。しょっちゅうあのあたりに馬車が五、六台とまってた。一度、リー夫人っていうおばあさんに占ってもらったこともある」そのころのことを思い出して、ふいにマークは懐かしそうな表情を浮かべた。

「百万長者になるって言われたとか？」縦にも横にも大きいソールがバカ笑いした。

「いいや……瀬戸際《せとぎわ》までいくけど、もどるって言われたんだ。どういう意味か、しょっちゅう考えたっけ……」

「でも、どうしてラザロおばあちゃんはティターニアの地を〈旅人たち〉にゆずることにしたわけ？　いったいどこのだれなのよ？　法律上の権利があるわけ？」

「このあたりの人たちの中には、あの土地はむかしから彼らのものだったって言う人たちもいるのよ」タイタスの妻のトゥルーダがためらいがちに言った。トゥルーダはやせた、浅黒い肌の女性だった。

「そんなこと証明できないでしょ！」ペチュニア・ワッジが嚙みつくように言った。

「あの土地には、ボグルの地があると言われてる」

ニューヨーク州のポキプシーからきたケント・ラザロが口をひらいた。「いったいぜんたい、そのボグルの地とかいうのはなんなんだ?」

「別の次元に存在する土地のことだよ。まあ、言ってみれば、別の力に属している場所だ。つまり、たとえば、その場所に足を踏み入れると、消えてしまう」数学教授のマークが説明した。

「本当かよ?」ソール・ワッジはますます大笑いしながら、たずねた。「じゃあさ、何度かあのあたりの牧草地を歩いたら、きれいさっぱり消えちまうってことか? そりゃいい! 遊園地にもってこいじゃないか! やってみようぜ!」

ソール・ワッジは大股でブナ林を抜け、その先の草の生い茂った丘へ向かった。そして、はしからきちょうめんに、行ったりきたりしはじめた。

「おい、マーク! その、ボジーの地だっけか? そいつはどのくらいの大きさなんだ?」ソールは大きな声でさけんだ。

「ディナー皿くらいよ」マークの妻のタンジーが答えた。タンジーはきょろきょろとまわりを見回して、八歳の娘を見つけると言った。「ティッシュ! リッキーを探してきて! お茶にするからうちまで連れてきてちょうだい。みんな、そろそろもどりましょ」

いとこやまたいとこたち、そしてその妻や子どもたちはみな、ぽつぽつと、落ち葉のつもった暖かい丘をあとにして、ほっそりした牧草の生えた斜面をくだりはじめた。

午後の風にのって、声だけがとぎれとぎれに舞いもどってくる。

「農場を分割するなんて、残念だな」

「でも、高速道路とスーパーマーケットよ。大金持ちになれるわ……」

「でも、その〈旅人たち〉っていうのは、どうやって見つければいいの？　正式な住所はあるわけ？　代理の弁護士はどうなのよ？」

「ティターニアってだれよ？」

太陽が丘のむこうにすべりこんでいく。ブラックベリーのしげみの下や、ブナのまっすぐ伸びた幹のあいだから、隅々まで夕闇がしのびこんでいく。

ティッシュ・ブリスキットとリッキーは、木のうろを見つけ、その中にもぐりこんで自分たちのうちにした。

いとこのソール・ワッジは顔を赤くして、クスクス笑いながら、まだしつこく牧草地を行ったりきたりしている。

「おい、みんな、見ろよ！　これでぜんぶ歩いてみたぞ、ほら！」

もうだれも、ソールの言うことには取り合わなかったが、二人の子どもたちは木のうろの家から見ていたし、マンチェスターのマークも見ていた。

ティッシュの母親のタンジーが、ふたたび子どもたちを呼んだ。

「ティッシュ！　リッキー！　今すぐいらっしゃい！」

けれども、きかんぼうのリッキーはキャアキャア声をあげながら反対方向に逃げだし、祖父のソールのほうへ走っていった。

「おじいちゃん！　待って！」

「リッキーをつかまえてくる！　ママ、あたしがつかまえるから！　待ってて！」

ティッシュは黒いおさげをうしろになびかせながら、リッキーめがけて駆けていった。

すると、みんなが見ている目の前で、縦にも横にも大きいソールがぱっと消えた。マッチの火を吹き消したか、うすいガラス板を横向きにしたように。

「おい、みんな！」ソールは大きな声でさけんでいたが、すぐに風に運ばれて聞こえなくなった。

そして、祖父のあとを追っていたリッキーも、まったく同じように姿を消した。ほんの二秒後だった。

「マーク、だめ！」マークの妻は牧草地の外れで、恐怖に凍りついた。

いとこの幼い孫を追いかけて牧草地を走っていたマークはぱっと足を止め、立ちすくんだ。

娘のティッシュもそのすぐうしろで足を止めた。

「パパ！　リッキーはどこいっちゃったの？　ソールおじさんは？」ティッシュが泣き声をあげ

た。

夫と妻と娘は、完全に言葉を失って見つめ合った。かなり長いあいだそうしていたが、やがて、あいかわらずひと言もしゃべらずに、互いに手を取り合い、農場のほうへ丘をくだりはじめた。ティターニアの土地に背を向けて。

太陽が丘のむこうに沈んだ。

ペチコートを着たヤシ

Petticoat Palm

ジョーは、キューおばあちゃんのうちに泊まりにいって、すっかり海に夢中になった。ジョーの住んでいるところでは、海は灰色でのっぺりしていて、灰色ののっぺりした石ころだらけの浜のむこうに、ただどんよりと悲しげに広がっていた。

けれども、キューおばあちゃんが暮らしているところの海は青く澄んだインクのような色で、緑の草の生えた黒い崖の下に、次から次へと白く泡立ちながら打ち寄せ、とどろくような音をひびかせていた。

崖のてっぺんに生えているおばあちゃんのヤシの木が、扇のような形の枝をバッサバッサとゆらしているさまは、荒れ狂う海にメッセージを送っているように見えた。

「そりゃあね、よくよく面倒を見てやらなきゃならないよ。本来、ヤシは、こんな北では育たないからね。だけど、あの木はおまえのおじいちゃんが植えたたから、枯らしたくないんだよ」

おばあちゃんの予定帳の日付には、六か月おきに赤いペンで丸印がつけられ、「ジュ」と書きこまれていた。

「樹木課の略だよ」おばあちゃんは説明した。「うちのヤシの木のことをとても大切にしていてね、六か月に一度、わたしがちゃんと面倒を見ているか見にくるんだよ」

ヤシの木って、どうやって面倒を見るんだろう？　ジョーにはわからなかった。けれども、ある朝、ラジオの天気予報でこう言っているのをきいた。「今夜、北の地方では沿岸部にかけて地表に厚い霜がおりるでしょう。また、風の冷却効果も加わって、そうとうの寒さに見舞われるでしょう」

キューおばあちゃんは言った。「大変だ。今日の夕方、樹木課の人がくることになってるんだよ。ジョー、おばあちゃんを手伝っておくれ。ヤシの木を包んでやらないと」

キューおばあちゃんは崖のくぼんだところに風雨を避けるように建てられた、大きな石造りの古い家に住んでいた。いちばん上はすべて大きな屋根裏部屋になっていて、どの部屋にも数百年のむかしまでさかのぼるような、ガラクタや宝や謎めいたものがしまわれていた。

「これなら、ヤシの木を包むのに使えそうだね」おばあちゃんは屋根裏部屋のひとつにしまわれていたトランクをあけて、ペチコートをひっぱりだした。むかしふうのフリルのついたパンタレットや、気球くらいありそうな巨大なキルトのクリノリンもある。スカートを膨らませるために穿いていたものだ。おばあちゃんはさらに、ショールや長くてゆったりしたシュミーズやシャツ、おまけにベストや胴着やかつら、ネグリジェまで出してきた。

「台所の踏み台を持ってきておくれ、ジョー。この仕事はきちんとやらないとね」

おばあちゃんの飼い猫のグリシュキンはじっとすわって、午後じゅう二人がヤシの木に服を着せて、布でぐるぐる巻きにするのをながめていた。二人の頭がおかしくなったと思ったんだろう。日が沈むころには、ヤシの木は一ミリたりとも見えなくなっていた。クモの巣みたいに毛のからみあった幹は、ペチコートとクリノリンで包み、扇みたいな枝は、ショールと頭巾とヤシュマク（イスラム教徒の女性が目以外の顔を覆うベール）とマントとこうし縞《じま》の肩掛けで覆って、しっかりと留めた。

ジョーはヤシの木を見て、すごくカッコいいと思った。

「木が踊れればなあ」

「さあこれで、いつ樹木課の人がきても大丈夫。わたしはくたびれちまったよ。うちにもどって、紅茶をいれようかね」

宵の明星が輝きはじめ、ジョーは崖の上に立って、着飾ったヤシの木をほれぼれとながめた。

「星の光よ、輝く星よ、今夜見る一番星よ、お願い、どうかお願い、今夜、ぼくの願う願いをかなえてください、ヤシの木がダンスできるようになりますように」

ジョーの口から最後の言葉が出たのと同時に、ヤシの木が踊りはじめた。くいっと幹をひねって地面から抜け出すと、ついに自由になったぞとばかりに飛び跳ねながら丘をくだりはじめたのだ。

「ちょっと待って！　もどってきて！　そんなふうに逃げないでよ！」ジョーは大声でさけんだ。

ヤシの木は見向きもしなかった。

ヤシの木が生えていたところにはぽっかりと穴があき、底のほうでなにかが光っていた。ジョーは手を伸ばして、それをつかむと、全速力でヤシの木を追いかけはじめた。恐怖で息を詰まらせ、あえぎながら走っていく。

なんとかしてヤシの木を止めて、元の場所にもどさなきゃ。おばあちゃんが出てきて、このありさまを見たら、大変だ。樹木課の人が調査にくるまえになんとかしないと、おばあちゃんはヤシの木の面倒を見るのにふさわしくないと言われてしまう。

ヤシの木は踊りながら、崖の道をはずむようにおりていく。喜びに酔いしれているようだ。右へ左へと大きくかたむきながら、飛んだりくるくる回ったりしている。

ひとつだけ、おばあちゃんとぼくが服をしっかりと結びつけたことはまちがいない。少なくともまだ一枚も、落ちていない。

ジョーはポケットにチョークを入れていた。そこで、おばあちゃんが出てきたときのために、道の上に矢印をかいて、どこへ向かっているかわかるようにした。

うまい具合に、崖の下に大きな水たまりがあった。波しぶきが飛んでくるのだ。

ヤシの木は止まって、水たまりに映った自分の姿に見とれた。おかげで、ジョーはようやく追いつくことができた。

「ねえ、お願いだよ、元の場所にもどってよ!」

しかし、ヤシの木はまた踊りながら、さらに道をくだりはじめた。

ジョーたちはキッシングゲート(牧場などで使用される、人間は通れるが家畜は通れないようになっている門)までやってきた。願いの門とも呼ばれ、崖の道へはそこを抜けて出入りするようになっている。門は、ずんぐりとした木の十字架を横にして支柱の上にのせたような形をしていて、通り抜けるには十字架の腕木の部分を押してぐるりと回さなければならなかった。ヤシの木は、一本目の腕木を押して、ぐるぐる巻きになった幹を門に押しこんだ。

それを見てジョーはさけんだ。

門よ、門、願いの門よ
ぼくの願いをかなえておくれ
どうか今すぐ、力を貸して
おばあちゃんの名誉のために
ヤシの木をもどしておくれ!

ヤシの木は、耳をかたむけるかのように枝をかしげた。そして、くるりと腕木をまるまる一回転させて門から出ると、元きた道を踊りながら、さっきと同じ速さでもどりはじめた。

ジョーは息を切らしながら、チョークの矢印を消しつつ、あとを追いかけた。

おばあちゃんの家までもどると、ヤシの木がぴょんと穴に飛びこむのが見えた。木は肩をすくめ、もぞもぞしながら元の位置に落ち着いた。

まあ、しかたない！　そう、木は言っているように見えた。じゅうぶん走ったし、じゅうぶん楽しんだのだから、と。

すんでのところで、間に合ったのだ。というのも、ヤシの木が穴に飛びこんだのと同時に、樹木課の男の人が赤い車でやってくるのが見えたからだ。そして、おばあちゃんが石造りの家から出てきた。

「どうです？」おばあちゃんは誇らしげに言った。「木はしっかり包んでおきましたよ、ごらんのとおりね！」

「いかにも！」樹木課の男の人は感心したように木のまわりを一周した。

ジョーは一瞬、ぞっとした。猫のグリシュキンはどこへいった？　まさか穴の中をかぎまわっているときに、ヤシの木が飛びこんじゃったとか？

しかし、それからジョーはほっとしてのどをゴクンと鳴らした。グリシュキンが庭の門柱に親しげに体をすりよせているのが見えたのだ。

「ええ、ぜひ」樹木課の男の人は木のまわりをもう一周しながら言った。「これだけしっかりと布を巻きつければ、あと百年はもつでしょうね。それで、キューさん、『ぜひ』っていうのは、遠慮なくお茶をいただくってことですよ！」

三人はお茶を飲みに、家の中に入ろうとした。ジョーはポケットに入れた光るものを取り出した。

「あれまあ！」おばあちゃんが言った。「いったいどこで見つけたんだい？　おまえのおじいちゃんの腕時計だよ。ずっとむかしになくなったんだよ、たしかわたしがまだ若かったころだったっけね……」

おとなりの世界

The World Next Door

クウィルばあさんは、森のそばの小さな白黒の家に住んでいた。となりには果樹園があって、リンゴの木が十二本植わっている。春にはピンクと白の花が満開に咲き、秋には赤と黄色の実がたわわに実った。クウィルばあさんはいくらかを売って、ほとんどを友だちにあげ、残りは自分で食べた。あとは、ほかの人のシャツやシーツやタオルを洗って、お金をかせいでいた。リンゴの木のあいだに洗濯ひもをはっていたから、風の強い日には、白や色とりどりの洗濯物が旗のようにはためいた。クウィルばあさんが洗濯をする日は必ず風が吹いた。

風はわたしの友だちなんだよ、とクウィルばあさんは言うのだった。

洗濯のほかにも、クウィルばあさんは痛みをいやす方法を心得ていた。しょっちゅう森へ出かけては、葉や花や実をつんできて、軟膏《なんこう》や薬や飲み物を作った。頭痛やのどの痛みや腹痛や脚のはりなど、たいていの痛みに効いた。

クウィルばあさんはそうした薬をみんなに与え、お礼は決して受け取らなかった。

「森の中のものはすべて、ただだからね」

「どうしてそんなにいろんなことを知ってるの？」ピップという男の子がクウィルばあさんにきいた。

「風が教えてくれるんだよ。風の声に耳をすませるんだ、葉をそよがせ、枝をゆらす音にね。風は別の世界からやってくるんだよ。わたしのうちは森のとなりにあるだろう？　そして森は、山のとなりにある。それと同じで、この世界は別の世界のとなりに浮かんでいるんだよ。風はそこから吹いてくるのさ」

クウィルばあさんのうちのフォスという歳取った猫が、ゴロゴロのどを鳴らしてばあさんの足首にからだをこすりつけた。

「フォスは風のことをよく知っているんだよ。夜に森へいって、風がささやく秘密を聞いてくるんだ」

ある日、大きな車がクウィルばあさんのうちのまえにとまり、白髪の男が降りてきた。男の名前は、グロビー・グリドル卿といった。

「わたしは、この家の新しい地主だ」と、卿は名乗った。「ここの森と果樹園と山を買ったのだ。このうちを壊して、この一帯にゴルフ場を造るつもりだ。だから、別に住むところを探すんだな」

クウィルばあさんは言った。「うちを出ろと言うんですか？　でも、わたしはこの家で生まれたんですよ。生まれてからずっとここで暮らしてきたんです。わたしの母も、祖母もみんなね」

「そう言われても、どうしようもない。この家は取り壊さなければならん。新しい家くらい見つかるだろう、どこか別のところにな。どこでも好きなところにいけばいい」

「でも、それじゃ、リンゴの木がないじゃありませんか。森もないから、草や花や実も集められません。それに、洗濯物を干す場所はどうするんです？」

二人はリンゴの木の下で話していた。白いシーツがさあっと風に舞い、グロビー卿に巻きついた。グロビー卿はかっとなった。

「リンゴの木はぜんぶ切り倒す。歳を取って、ねじれているからな。それに、森の木もだ。ゴルフ場へいくための道路を通し、駐車場も作らねばならん。クラブハウスとお茶を飲むティールームもな」

クウィルばあさんは言った。「わたしのうちはとても古いんです、何百年もまえから建っているんです。古い家は取り壊してはいけないという法律があるはずです」

ふたたび風が吹いて、枕カバーがグロビー卿の顔をぴしゃりとはたいた。卿はますます腹を立てた。というのも、クウィルばあさんが言ったことは本当だったからだ。「これで話がすんだと思うなよ」

そして、グロビー卿は足音も荒く帰っていった。長いロールタオルが風に吹かれて、ひらひらと卿の首に巻きついた。グロビー卿は大声でわめいた。「いいか！　すぐにわからせてやる！　わたしはいつだって、最後には思いどおりにするのだ！」

それから何週間ものあいだ、クウィルばあさんはじっと静かに考えつづけた。めったに笑わなかったし、だれかが、頭痛の薬やのどの痛みに効くシロップをもらいにきても、家にいないことが多かった。

「どこにいってたの？」ある日、ピップと呼ばれている男の子はひざのすり傷に包帯を巻いてもらっているときに、たずねた。

「森だよ、木の幹にひもを結びつけてたんだ」

「ぜんぶの木に？」

「ああ、ひとつ残らずね」

「どうして？」

「そうすれば、次に会ったときにも、わたしだとわかってもらえるからね。それに、わたしも森の木たちのことがわかるから」

もう秋がきていた。クウィルばあさんのリンゴはすべて収穫された。たくさんの人が、手伝いにきた。リンゴは物置小屋の棚にしまわれ、冷たくピリッとしたにおいが、風にのって戸口から漂ってきた。

一年に一度、クウィルばあさんはバスに乗って、針やせっけんや新しい鍋や庭用のくまでなどを買いに町へいくのが習わしだった。

今年も買い物をすませ、うちに帰るバスを待っていると、すぐそばの荒れ果てた土地に小さな黒白のうちが建っているのに気づいた。

わたしのうちによく似ているね、とクウィルばあさんは思った。

けれどもそのとき、女の人に息子の耳痛に効く薬についてたずねられ、さらに男の人にしもやけの治し方をきかれた。すると、バスがきたので、クウィルばあさんは荷物を抱えてバスに乗りこんだ。

ところが、自分のうちのあった場所にもどると、家はなくなっていた。物置小屋も取り壊され、リンゴがそこいらじゅうに散らばって、中にはつぶれているものもあった。

グロビー卿がにやにや笑いながらそこに立っていた。

果樹園で、男たちがリンゴの木を切り倒している。

グロビー卿は言った。「おまえのうちは移動させた。トラックにのせて、町はずれまで運んでやったのさ。それなら、法的に問題はないからな。町にいけば、見つかる。そっちのほうが、おまえにとってもいいだろう。買い物もできるし、今よりたくさんの人に会えるからな」

「猫のフォスはどこです？」クウィルばあさんはたずねた。

「森へ逃げこんだよ」リンゴの木を伐っている男が言った。「明日、見つかるさ。森の木をぜんぶ、切り倒すからな」

クウィルばあさんはその場に立ちつくした。

「そういうことなら、今すぐ森にいきますから」グロビー卿にそう言うと、付けくわえた。「あなたも、森がなくなって後悔することになりますよ。森が必要になるときがきますから。それに、果樹園もね。今、あなたの部下が切り倒している、わたしの果樹園のことです。あなたはのどの渇きに苦しむことになるでしょう。リンゴのことしか考えられなくなるはずです。暑い太陽に照らされ、頭痛にさいなまれたとき、必要なのは木陰です。でも、そのときはもう、リンゴも木陰もないのです」

森から乾いた風が吹いてきて、グロビー卿に枯葉を浴びせ、目を刺し、頬を引っかいた。グロビー卿はかっとなって、顔から枯葉をふりはらった。ふたたび見えるようになると、クウィルばあさんは森の中へ歩き去っていくところだった。

「勝手にいかせろ、愚かな年寄りめ！　どうせすぐもどってくる。木を切り倒せばな」

しかし、クウィルばあさんはもどってこなかった。

次の日、グロビー卿の部下たちが木を伐りはじめると、おかしなことが起こった。木を切り倒すと、マッチで紙切れに火をつけたときのようにみるみる縮んで、跡形もなく消えてしまうのだ。その日の終わりには、材木にして売る丸太の山ができるはずが、わずかな泥と数枚の葉以外、なにも残らなかった。

根が掘り出され、土は平らにならされた。ゴルフ場が造られ、駐車場ができた。赤いレンガのクラブハウスが完成し、屋根の上で旗がひるがえった。

けれども、ゴルフ場にはほとんどお客がこなかった。訪れた人もいるにはいたが、友人に打ち明けたところによると、みな、プレイした夜におそろしい夢を見たらしい。夢の中で、彼らは森でゴルフをしようとしている。すると、あっという間にまわりを木や藪《やぶ》に取り囲まれる。ゴルフクラブから葉や棘《とげ》が生えてくる。ゴルフボールは片っぱしからウサギの穴へ転がり落ちる。そんなわけで、お客は二度と、グロビー卿のゴルフ場にはこなかった。おかげでグロビー卿はまったくお金をもうけることができなかった。

クラブハウスは空っぽのまま、旗はだらりと垂れていた。風はまったく吹かなかった。

そのうち、グロビー卿自身も病気になった。四六時中頭ががんがんし、なにをしても痛みをやわらげることができない。しかも、一日じゅうのどが渇きっぱなしで、水を飲んでもビールを飲んでも、牛乳でもジュースでもワインでも紅茶でもコーヒーでもシャンパンでも、渇きをいやすことができないのだ。

そして、毎晩、同じ夢を見た。夢の中で、卿はいつも暗い森の中をさまよい、風の音がしないかと耳をすませていた。

卿の具合はいよいよ悪くなり、入院することになった。

「クウィルばあさんはどこにいる？　なぜもう風は吹かないのだ？」グロビー卿はくりかえしたずねた。

「風は吹いてますよ、グロビー卿」看護師たちは言った。「窓の外では、風が吹き荒れています、まさに今もね。音が聞こえませんか？」

けれども、グロビー卿にはなにも聞こえなかった。

何週間ものあいだ、卿はベッドに臥していた。卿のことを心配する人はいなかったから、お見舞いは誰もこなかったけれど、ピップという男の子だけがやってきた。

「毎晩、クウィルばあさんの夢を見るんだ。夢の中で、クウィルばあさんはいつもの家で暮らしてる。森も、果樹園もあるんだよ。クウィルばあさんはこの世界のとなりに浮かんでいる別の世界で暮らしてるんだ。だから、二度とクウィルばあさんには会えないよ」

「おまえの夢の話など、聞いてない！　このひどいのどの渇きをいやす方法が知りたいだけだ！」グロビー卿はしゃがれた声でどなった。

「次に夢でクウィルばあさんに会ったら、きいておくよ」ピップは言った。

次の日、ピップはまた病院にきた。

「夢の中で、クウィルばあさんにのどの渇きのことをきいたんだ。そうしたら、クウィルばあさんの果樹園のリンゴじゃないと、いやせないって」

「うそだ！」グロビー卿はどなった。「ばかげたことを言いおって！　どちらにしろ、果樹園の木は切り倒したのだから、リンゴなど残ってない」

ふいに、グロビー卿の病室に風が吹きこんできた。窓のカーテンがふわっと舞いあがり、グロビー卿の怒った顔に巻きついた。と、次の瞬間、窓の外から枯葉が矢のように降り注ぎ、ベッドの上を埋め尽くした。

「たいへん！」入ってきた看護師が言って、ちりとりをとりに駆けだしていった。

グロビー卿は顔をしかめて横になったまま、そのあとはひと言も口をきかなかった。

その夜、グロビー卿は夢を見た。夢の中で、卿は世界のはしに立って、何もない空間の先に浮かんでいる世界を見ていた。

そこには、クウィルばあさんの白黒の小屋があり、となりに果樹園が、そのとなりに森が、そのさらにとなりに山があった。クウィルばあさんもいて、リンゴのねじれた老木のあいだに洗濯したシーツやタオルや枕カバーを干しているところだった。

「のどが渇いてるんだ！」グロビー卿はとなりの世界へ向かってさけんだ。「お願いだ、クウィルさん、助けてくれないか？　のどが渇いて死にそうなんだよ！」

けれども、クウィルばあさんは見向きもせずに、せっせとタオルやふきんを干しつづけている。

「クウィルさん！　あなたのうちを移したりして悪かった！　果樹園の木を切り倒したのも！あなたの森の木も！　どうすればこの渇きを止められるのか、教えてもらえないだろうか？」

それを聞くと、クウィルばあさんはようやくふりむいて、グロビー卿のことを見た。「謝るだけじゃ、足りません。何百という生き物があの森で暮らしていたんです。小鳥やネズミ、キツネ、リス、アナウサギ、クモ、ヘビにコウモリ、カワウソや野ウサギやイタチだって。それだけの犠牲をどうやってつぐなえると？」

「だが、わたしはのどが渇いているんだ！」

「その渇きをいやすことができるのは、わたしの果樹園のリンゴだけなんです」

「でも、ひとつも残っていないんだ！　ぜんぶ踏みつぶされてしまった」

「ここにひとつだけ残っています。さあ、受け取れるかしらね」

そう言って、クウィルばあさんはとなりの世界へ向かってリンゴをほうった。

ところが、グロビー卿は受け取ることができなかった。リンゴはぐんぐん落ちて、落ちて、落ちて、世界と世界の隙間にのみこまれてしまった。

クウィルばあさんは背を向けて、果樹園のほうへ歩き去っていった。

そして、グロビー卿は二歳の子どものように泣きわめきながら、夢から目覚めた。次の日、卿は病院の人たちに退院してうちにもどりたいと言った。

「ですが、まだよくなっていないのですよ」

「ここにいるかぎり、よくはならないのだ」グロビー卿は答えた。

そして、車を迎えにこさせた。

家に帰る途中、クウィルばあさんが使っていた停留所の前を通りかかった。しかし、そこに、グロビー卿の部下が運んだはずの白黒の家はなかった。なにもない地面では、紙切れが風に吹かれてひらひらと舞っていた。

ピップという男の子が立って、空っぽの土地を見ていた。

グロビー卿は窓をあけて、声をかけた。「クウィルさんのうちはどうなったんだね?」

「消えちゃった」ピップは言った。「あのときの木みたいに」

グロビー卿は大きくて立派な館にもどった。夕食にローストビーフを食べ、シャンパンを飲んだ。しかし、変わらず頭は痛かったし、のども渇いたままだった。

夜になり、ベッドに入ると、住処から追い出した生き物たちが泣いたり、わめいたり、甲高い声をあげたりしているのが聞こえてきた。キィキィ、クゥクゥ、チィチィ、チュンチュン……。

夢の中では、クウィルばあさんがとなりの世界で忙しそうに洗濯物を干していた。風がばあさんを手伝っている。

「クウィルさん！　もう一度、森に木を植える、約束する！」グロビー卿は、世界と世界の隙間越しにクウィルばあさんに向かってさけんだ。「ただ、どうかお願いだから、あなたのリンゴをひとつ、わたしに投げてはくれないか？　新しく木を植える。となりには果樹園も作る」

それを聞くと、クウィルばあさんはふりむいて、前よりはやさしい目でグロビー卿のことを見た。

「リンゴはあとひとつしかないんです。今度こそ、受け取れるかしらね」

そして、リンゴをとなりの世界に向かって投げた。今回は風が吹いて、リンゴを運んでくれたので、グロビー卿はなんとか受け止めることができた。ところが、まさに大きな口をあけてかぶりつこうとしたそのとき、目が覚めてしまったのだ。ああ、どれだけ打ちのめされただろう、目覚めてリンゴを持っていないことに気づいたとき！

グロビー卿は二歳の子どものように泣きわめいた。

しかし、それからなんとかベッドからはい出し、体を引きずるように服を着て、電話を手に取ると、クラブハウスを取り壊し、駐車場を掘り返して、ゴルフ場を耕すように命じた。

そして、車を回すように指示し、運転手にゴルフ場までいくようにと言った。途中で、クウィルばあさんの家が消えてなくなったバス停の前を通りかかった。

すると、なにもなかった土地一面に小さな緑の木が生え、若葉をつけていた。

もう春になっていたのだ。

グロビー卿は運転手に止まるように言うと、車をおりた。

ピップが立って、小さな木を見ていた。

「ぜんぶリンゴの苗木だよ」

暖かい春の風が吹いてきた。苗木の枝と葉がゆれた。風は冷たくピリリとしたにおいがした。

顔に吹きつける風が、はるか遠くからきたのを、グロビー卿は感じた。もしかしたら別の世界から吹いてきたのかもしれない。そう、となりの世界からかもしれない。

銀のコップ

The Silver Cup

ジムは新聞を買いにいくのに、毎朝、七分かかっていた。二分で砂交じりの坂道を上って、一分で新聞店へいってもどり、スタブスさんと三分おしゃべりして、一分で坂道をうちまで駆けくだる。

スタブスさんは元船乗りで、ほうきと柄の長いちりとりを持って、村の通りをそうじしていた。「毎日外に出て、人としゃべるのが好きなんだよ」とスタブスさんは言っていた。

ある朝、ジムは、かれこれ何週間も郵便局の外に積みあげられたままの、小石と砂を詰めたビニール袋のことをたずねた。

「ブリティッシュ・テレコム（イギリスの電気通信事業者）の連中が置いていったんだよ。おれは触らないよ。連中が持っていけばいいさ。おれが動かしたりしたら、ヒキガエルにされちまうかもしれないからな」

また別の日には、〈緑の竜亭〉の外に立っている二本の白い柱が夜のあいだに倒されていたことについて、きいてみた。

「緑の竜がやったんだろ」スタブスさんはそう言った。

クリスマスの一か月前、ジムは、砂交じりの坂道と村の通りの角にある土手の砂に、銀色の金属のコップがめりこんでいるのに気づいた。

「あれ、なんだと思う?」

スタブスさんは考え深げに白い口ひげをフウッと吹いた。とても寒い日だった。草地は霜に覆われ、イチゴにふりかけた砂糖みたいに銀色に輝いている。スタブスさんは青い毛糸の帽子をかぶっていた。鼻はイチゴみたいに真っ赤だ。

「あれはだな」スタブスさんはおもむろに口をひらいた。「サンタクロースがあそこに置いていったんだと思う。だれかにクリスマス・プディングを作ってほしいんだよ」

「サンタクロースが?」ジムはおどろいた。「どうして?」

「だって、自分で作る暇はないだろ?　ずっと例のトナカイたちと飛び回っているんだから」

「だけど、クリスマスは一年に一度きりでしょ」

「だから?　ここじゃ、たしかにそうだ。だが、宇宙ではどうだ?　地球の外では?　いつだってどこかがクリスマスなんだ、宇宙じゃな。サンディクローズ（スタブスさん独特の発音だと「砂の爪」の意味になる）のじいさんは一年じゅうかかりっきりなのさ、星から星へ駆けずり回ってる。惑星だってあるし、太陽だって。それから、星にはそれぞれ月もあるだろ。サンディクローズのじいさんには、三週間の休暇なんてないのさ」

「じゃあ、ぼくたちでクリスマス・プディングを作ったほうがいいと思う？」ジムはたずねた。

「思うね」

「母さんにきいてみる」

　次の日、ジムはスタブスさんに言った。「母さんがクリスマス・プディングを作ってもいいって。ただし、このカップをピカピカにきれいにできたらって言われた」そう言って、ジムは草むらに埋もれていた砂だらけのカップを取り出した。「あのね、父さんはこれはただのホイールキャップだろって」

「なるほど、そりから落ちたのかもな」スタブスさんは言った。

「そりにホイールキャップってついてるの？」

「ボールベアリングで走るタイプのにはな」スタブスさんは凍《い》てつく空気を吸いこんだ。「ホワイト・クリスマスになりそうだな。鳥たちもそう思ってる。やつらはちゃんとわかってるからな」

「どうして？」

「サンディクローズのじいさんのいとこだからさ。クローズ一族は天気についちゃ、心得てるんだ。雪がどこからやってくるか、ちゃんと知ってる。やつらが反対方向へ飛んでいくのが見えるだろ」スタブスさんは空を指さした。「ほら、北の空が真っ暗だ。で、鳥たちは南へ向かってる」

ジムは銀のカップをうちに持ちかえると、ごしごしこすって洗い、ピカピカにみがいたので、母さんからクリスマス・プディングを作ってもいいというお許しが出た。

母さんは卵と牛乳と小麦粉とバター、それからレーズンとスグリとオレンジの皮の砂糖漬け、さらにナツメグとシナモンとオールスパイスにブランディを混ぜ合わせた。それから、百年以上まえのすりへったうすいペニー銀貨をひとつ、入れた。もともとはジムのおじいさんが持っていたものだった。「幸運のまじないだよ。自分のぶんのプディングにこれが入っていた人は、願いごとができるんだ」

「サンタクロースが見つけた場合も？」

「もちろんだよ」

ねばねばした生地を混ぜ終わると、スプーンで三つの大きなボウルにわけ、それからジムが持ちかえった金属のカップにも入れた。そして、上にワックスペーパーをのせ、さらに上から布をかぶせてしっかりしばった。あとは、数時間かけて蒸すのだ。

「いつできあがるの？」ジムは何度もたずね、そのたびに母さんは「まだだよ。クリスマス・プディングは長いあいだ、蒸さなきゃならないんだよ」と言った。

プディングを蒸しているあいだ、家の中に漂う香りが深くて濃厚で豊かなので、空気をスプーンですくって食べられそうな気がした。

外では、鳥たちもすっかり静かになっていた。気温もぐんぐん下がっていく。毎朝、ジムはパンくずをまいていたから、鳥たちはバタバタと集まってきて、ジムが台所にもどるまえにはもう、パンくずはなくなっていた。

煙突から煙がまっすぐ空へあがっていく。空の真ん中に定規で線を引いたみたいだ。地面はレンガみたいにカチカチになっていた。

「すぐに雪になるよ」スタブスさんは言った。

でも、降らなかった。今のところは。

プディングはすべて、小さな銀色のカップのぶんもいっしょに、食料品庫の奥にしまわれた。

そしてついにクリスマスイヴになった。ジムと父さんは森へいって、ひいらぎとクリスマスツリーにするもみの木を伐ってきた。かたくてわさわさしていて、魔法の香りがする。ヤドリギの枝もあって、真珠《しんじゅ》のような半透明の白い実がついていた。クリスマスツリーは植木鉢に植えられ、あとは、ライトやピカピカ光る玉で飾られるのを待つばかりだ。けれども、それはジョーがベッドに入ってからだった。

ジョーはくつしたをぶらさげた。

「サンタクロースにプディングを置きにいっていい？」ジョーはたずねた。

「暖かい服を着て、急いでいっといで。こんな寒い夜は、初めてだからね」母さんは言った。

父さんがいっしょにきてくれた。外は真っ暗だ。靴に踏まれて、霜がバリッと崩れるのを感じる。あたりには、鐘の音がひびきわたっていた。チリンチリン、ジリンジリン、キンコン、カンコン、ガランガラン。

「空気が粉々になっちゃいそうだね」ジムは冷たい空気を吸いこんだ。

銀色のカップのクリスマス・プディングは、霜のおりた草むらの中に隠れるように置いた。

「見つけられるかな？」ジムはたずねた。

「大丈夫だよ、さあ、うちまで走って帰ろう」

次の朝も、雪はまだ降っていなかった。

ぶらさげたくつしたを外して、朝ごはんを食べると、ツリーの根元に置いてあるプレゼントをあけるまえに、ジムは坂道を走っていった。クリスマスだから、もちろん新聞はない。そうではなくて、サンタクロースがプディングを持っていったか、たしかめたかったのだ。

村の通りまでいくと、はらはらと雪が舞いはじめた。のぼってきたばかりの太陽は赤く輝こうとしていたものの、今は雲にすり寄り、ベッドにもどることにしたように見える。

スタブスさんがほうきを持って立っていた。

森の王さま

The King of the Forest

イェナは森番の娘だった。マーチウッドという広大な森に覆われた土地の外れの小さな小屋が、彼らの家だった。行軍の森《マーチウッド》という名前がついたのは、森が二つの公爵領をまたがって広がっているために、つねに所有権の争いが起きていたからだ。境界線の正確な場所を巡って、何度も戦争が起こった。忘れられた兵士たちの骨が、草に埋もれた乗馬道の下に埋められている。そんな土地も今では平和が支配しているが、どこか疑わしくおぼつかない平和なのも事実だ。なぜなら、今それぞれの土地を治めているふたりの公爵のうちの一人、ヴィンセント公爵はかなりの歳で、やや頭がおかしく、もう一人ゲイロード公爵はまだ若くて金がなく、金を工面し、軍隊を持つことができないという状況だったからだ。

さらに、森はどちらの公爵のものでもない、独立した土地だと主張する者たちもいて、いつか、だれとも知れぬ第三の王子がわれこそは森を含めたすべての土地の所有者だと宣言して、争いに終止符を打つと信じていた。

イェナはそうしたことは知らなかったし、関心もなかった。暮らしはとても厳しく、やらなければならないことがやまほどあった。家をそうじし、野菜畑を手入れして、家畜にエサを与え、父親に殴られないように、そして祖母にきつい言葉を投げつけられないようにするだけで精一杯だったのだ。知っているのは、母親は自分を産んだときに亡くなったことくらいで、森がだれのものかなどという問題で頭を悩ませることはなかった。そもそも、森の奥にいくことなど許されていなかった。ひとつには、家でやることがたくさんあったからだ。

「それに、森には幽霊や竜や無法者や人オオカミやクマやハイエナがうようよしてるからね」と祖母は言った。「おまえみたいな子がうろつくところじゃないんだよ」

一年に一度だけ、イェナは祖母と森へいって母親の墓にサクラソウの花束を供えることは認められていた。「悪霊を寄せつけないためだよ」祖母は言った。イェナ一人では、お墓までの道がわからなかった。お墓がある森の奥の土地は、森番のヒューの頭痛の種でもあった。彼の主人のヴィンセント公爵が、馬車道を造るときに一部がヒューの牧草地を通るため、その埋め合わせとして、お金ではなく、森の奥深くの同じ広さの土地と交換したのだ。そんな場所にある、木々に囲まれたちっぽけな草地など、ヒューにはなんの役にも立たなかった。羊や豚を放したところで、オオカミにさらわれるだけだし、小麦をまいても、あっという間に鳥たちに食われてしまうだろう。

「かかしを立てたら?」まえに一度、イェナは言ってみたことがある。たまたま見た夢から思いついたのだ。

父親は娘の耳を殴りつけた。「バカな娘め! そんなことはとっくにやってるさ。かかしを二体立てたが、鳥どもにバカにされただけだ。二日後には、腕を止まり木代わりにしてやがった」

「豚にエサをやっといで。女の子はせっせと働いて、口は閉じてるもんだよ」祖母も言った。

父親は、イェナが生まれたときからイェナが男の子でなかったことに腹を立てていた。「娘なんて、なんの役に立つ?」父親は、庭の生垣にしている半野生のリンゴで作った酸っぱいリンゴ酒を何杯か飲むと、決まってくだをまいた。「どうして息子じゃなかったんだ。森番の仕事を教えることもできやしない」

イェナの母親が亡くなって十二年後、祖母がリウマチで手足が不自由になり、寝たきりになった。イェナは、さんざんひどい言葉を投げつけてきた祖母に尽くした。牛乳のポリッジを作り、黒スグリのお茶をいれ、関節に香油をすりこんで、しもやけにはガチョウの油を塗ってやった。

「まあ、おまえもそう悪い子じゃないね」祖母は時おりぼそぼそとつぶやいた。「少なくとも、おまえの母親よりはましだったと思うね。あの娘は、そりゃもう役立たずのお嬢さまだったからね! 豚にエサをやるのに、洗濯ばさみで鼻をはさんでいったんだから。においが耐えられないとか言ってね。便所をそうじするときなんて、ボタンの穴に乾燥させたスミレをさして、においをかいでたんだ」

「ああ、もっと母さんの話を聞かせて、お願い！」イェナはたのんだ。でも、それは父親が、話の聞こえないところにいるときだけだった。

最初、祖母は話そうとしなかった。「おまえの父さんは、おまえの母親のことを考えるだけでかっとなっちまうんだよ。おまえの父さんは、あの女がすばらしい富をもたらしてくれると信じてた。公爵の娘だと思いこんでたんだよ。それで、なにを手に入れたかって？　なんにもさ。墓ひとつだけだよ、森の奥のね。あの女のことは忘れたほうがいい。森からやってきたただの役立たずのお嬢さんさ」

祖母は弱っていくにつれ、もっといろいろ話すようになった。

「そうだよ、あたしはむかしから、おまえの母親は森の反対側からきたんだと思ってたんだ。けっきょくのところ、ゲイロード公爵の娘か妹かだったのかもしれないね。だが、ゲイロード公爵が住んでるのは、少なくとも西へ百マイルはいったところだからね。いったいどうやってここまで歩いてきたんだろう？」

「母さんはなにも遺さなかったの？　なにか形見のようなものは？」

「なにもないさ。死んだあと、おまえの父親がぜんぶ売ったよ。あとは、草を編んだネックレスくらいだよ、よく自分で編んでたやつさ。草のネックレスとはね！　最後に作ったぶんを、おまえにやるくらいはいいかもしれないね。あたしの夏のショールに包んであるよ」

イェナはネックレスを見つけた。空気のように軽く、クモの巣のように細い。うすい緑色で、ほっそりと長く、つやつやして、羽根のように軽いわたぼうしをつけた夏草を巧みに編んで作ってあった。これで、ほんの少しだけれど母さんについて知ることができた、とイェナは思った。母さんがどんなふうに感じていて、なにが好きだったかがわかったのだから。これからずっと、このネックレスをつけていよう。「母さんはなんていう名前だったの?」けれども、祖母はくたびれてしまい、「思い出せないよ」と言った。

「ほかにはなにも遺さなかったの?」

「草のネックレスと、あとは赤ん坊が三人だけさ」

イェナは体じゅうの血が逆流するのを感じた。

「赤ちゃんが三人? いったいどういうこと? 三人の赤ちゃんって? 今はどこにいるの?」

祖母は口をすべらせたことに腹を立てて、自分をののしった。

「話さないと約束したんだよ。父さんには、あたしが話したって言うんじゃないよ! 知ったら、怒ってあたしを許さないだろうからね」

「だけど、おばあちゃん、どういうことなの? 三人の赤ちゃんって?」イェナはくりかえした。

「今はどこにいるの?」まえに見た夢が浮かんできた。とても小さな二体のかかしが、赤ん坊の服を着て並んでいる夢だった。

イェナは、そろそろとていねいにクロフサスグリのジャムをスプーンで祖母の唇のあいだにすべりこませた。

祖母はジャムをのみこむと、顔をしかめて言った。「そうだね、あれはもうずいぶんむかしのことだ。今じゃ、だれにも、なにひとつ証明できないだろうね。だから、おまえに話したところで問題はないだろう。こういうことさ。おまえの母親は、立派な生まれの貴婦人だったが、森の厳しい暮らしには慣れずに、おまえが生まれたときに死んじまった。あとに、三人の赤ん坊が残されたんだ。三人いっぺんに生まれたのさ。全員女の子だった。おまえの父さんがどれだけ怒りくるったか、一生忘れないよ。三人とも首を絞めて殺そうとしたんだ。だが、あたしはなんとか止めようとした。『あたしが歳取ったとき、だれが面倒を見てくれるんだい？　母親は死んじまったんだから、あたしに一人、育てさせておくれ。家の仕事をさせて、後々はあたしらの面倒を見させればいい』それでようやくおまえの父さんも納得したんだよ」

「ほかの二人はどうなったの？」イェナは歯をガチガチさせながら、消え入りそうな声でたずねた。

「おまえの母親を、森の奥の墓に埋めたときに、赤ん坊もそこに置いてきたんだよ。イグサのかごに寝かせて、夜空の下にね」

「それで？」

「そのあとのことなんて、わかるわけないだろう？　おまえの父親は墓へはもどらなかったんだから。少なくとも、そのあと半年はね。次に墓へいったのは、冬だった。雪が三十センチほど積もってたよ。その下になにがあったかなんて、わかりっこないだろう。二度目にいったときは春だったが、なにもなかった。クローバーとカウスリップとむらさきのランが咲いてただけさ」

「かごもなかったの？」

「なかったよ。だから、おまえの父さんはめったにあの場所に近づこうとしないんだ。さあ、そろそろ休ませておくれ。くたびれちまった。しゃべりすぎたようだよ、そんな元気もないっていうのにね」

たしかにそのとおりだった。次にイェナが枕元にいくと、祖母は息を引き取っていた。冷えきって青くなった指には、最後の編み物がしっかりと握られていた。

こうして祖母の番になり、森の草地に墓が掘られた。

「あんな土地、このくらいしか役立たん！」ヒューは腹立たしげに言った。「しかも、毎年狭くなっていく。まわりに次々若木が芽を出すからな。五年もしたら、消え失せるだろうよ」

ニレの棺に納められた祖母の遺体は、牛の引く荷車から、新しく掘られた穴に降ろされた。イェナは、妹たちはどこで眠っているのだろうと思いながらまわりを見回した。埋葬が終わると、父と娘は牛の首を返し、ゆっくりと小屋へもどっていった。ブツブツとぼやきながら部屋の中をうろついていた祖母がいなくなり、家はますます静かになったようだった。

ヒューはなにも言わずに仕事に出かけ、何日も留守にすることも多かった。娘にはろくに目もむけなかった。たまに見ても、余計腹が立つだけらしかった。というのも、イェナはますます美しくなり、肌は透けるように白く、唇は真っ赤で、長い髪は淡い金色に輝き、瞳は森の池のような緑がかったグレーだった。

イェナもめったに口をきかなかった。毎日、ガチョウにエサをやり、牝牛の乳をしぼって、ジャガイモを掘った。そうした仕事をこなしているあいだ、考えているのは妹たちのことだった。わたしには二人の妹がいたのだ。二人は今、どこにいるのだろう？　どんなようすなのだろう？　一人は、美しい歌声の持ち主で、いくつもの曲や歌を作っていたかもしれない。もう一人は、言葉を扱うのが上手で、詩を書き、物語やなぞなぞを作っていたかもしれない。

そして、仕事をしながら、心の中で上の妹が歌ったかもしれない歌に耳をかたむけ、床をみがいたりジャガイモの皮をむいたりしながら、下の妹が作ったかもしれないお話やジョークやなぞなぞを想像するのだった。

「なにを笑ってやがるんだ？」時おり父親はどなりつけた。

「あ――ただの思い出し笑いよ！」そう言って、イェナは父親にスープの皿を渡した。

「笑うんじゃない！」

また別のときには、「しょっちゅう歌ってるのはなんの歌だ？」ときかれた。

「ふと頭に浮かんできただけ」

「なら、だまってろ！　歌うんじゃない！」

なので、父親が森へ出かけるまで、歌ったり、時おり頭に浮かんでくる物語のことを考えたりしないようにした。

サクラソウの季節がまた巡ってきたら、母と祖母と、それから妹たちにも花束を供えにいこうと、イェナは考えた。そして、そのまま森の反対側までいこう。なにかしら運が巡ってくるかもしれない。

父さんになんの義理があるというの？　なにもない。生まれてこのかたずっと父さんのために働いてきたけれど、ぶたれてひどいことを言われてきただけ。

その年は、サクラソウの季節はなかなかやってこなかった。四月になっても冬がぐずぐずと居残っていた。イェナは、今ではもう、一人で母親と祖母が葬られている森の草地へいけるようになっていた。祖母が亡くなったあと、牛の荷車の車輪がつけた跡をたどって、毎日のようにお墓に通い、秋に咲くヒナギクやバラの実の花束を供えていたのだ。だから、今では草地までくっきりと道がついていた。雪や霜の日も、雨でぬかるんでいる日も、イェナはお墓まで通いつづけた。

歩きながら、自分で作った歌を口ずさむこともあった。

いなくなった妹たち　道案内をしてちょうだい
幽霊の妹たち、わたしといっしょに歩いてちょうだい

時おり、横からサクッサクッと落ち葉を踏む音が聞こえたり、両側からひんやりした手がひっぱって道案内をしてくれたような気がすることもあった。
オオカミやイノシシなど野生動物を見かけることもあった。一度など、獰猛《どうもう》な野犬の群れに出くわしたこともあったが、イェナは怖がらなかった。
そういうとき、イェナはささやいた。

いなくなった妹たち、魔法をかけて
おそろしい目にあわないようにしてちょうだい

おかげでびくびくせずにすんだせいか、もしかしたらイェナにも魔法の力があったのか、呪文は効き目をあらわし、野生の動物たちはいつも、なにもせずにイェナを通してくれた。

しかし、あるとき、とてもふしぎなことが起こった。四月になり、サクラソウの花束を供えにいったときだった。二つのお墓のあいだに男が死んで横たわっていたのだ。

男は背が低くやせていて、手足もきゃしゃでほっそりしていた。父さんの背丈よりも小さいわ、とイェナは思った。わたしくらいかも。見たこともないほど真っ白な巻き毛を肩までのばし、顔には皺《しわ》はないのに、老人のようだ。胸には銀の鎧《よろい》をつけ、その上から、どんぐりの形の金ボタンが七つついたビロードの外衣《サーコート》をはおっている。指には栗の実ほどもある緑色の石のついた金の指輪をはめ、かたわらには銀色の剣が置いてあった。体は毛皮のマントでくるまれていた。

イェナは息をのんだ。「えらい貴族さまにちがいないわ！　父さんに言わなきゃ」

お墓にサクラソウを置くと、イェナは風のように走って森番の小屋へもどった。

「父さん、父さん！　森で立派な王さまが亡くなってたの。きっと森の王さまよ！」

「どんな男だ？」父親は疑わしげにたずねた。イェナが言うことは片っぱしから疑うのだ。

「歳を取っているけれど、背はあまり高くないの。だけど、それは立派なのよ！　銀の剣と、大きな緑の石のついた指輪に、金の鎖、毛皮のマントも持っていたもの。公爵さまの管理人さんに伝えたほうがいいと思う？　気の毒な方をきちんと弔《とむら》って差しあげないと。王さまだと思う？」

「まさか！　だが、ちょっと見てみよう。大騒ぎして管理人に伝えることはない。いっしょにきて、案内しろ」

父親は袋を肩にかけ、イェナのあとについて森の中に入っていった。

父親は男の遺体を見ると、目を見開いた。「なんと！　こりゃおどろいた！　今度ばかりは幸運の風がおれにも吹いてきたみたいだぞ。管理人に知らせる必要はない。とっととここに埋めちまおう。それで、この男も終わりだ。さてと、こいつはうまく外れそうだぞ」

そして、死んだ男の指から金の指輪を引き抜こうとした。

「父さん！　そんなことしたら、罰があたるわ！」イェナはぞっとしてさけんだ。

父親はふりかえって、イェナを殴りつけた。イェナはよろめいた。

「だまれ！　さあ、走って家へもどって、鍬《くわ》とシャベルを持ってこい。墓を掘って、きれいに埋めちまうんだ。やつがここにいたことが、だれにもわからないようにな。このことについて、だれかにひと言でも言おうもんなら、立てなくなるほどぶちのめしてやるから、そう思え」

イェナはおびえきって、うちまで鍬とシャベルをとりに走った。

もどってくると、父親はすでに男が身につけていたものをすべてはぎ取っていた。マントも鎧もビロードのベストも指輪も鎖も剣も、父親はすべて袋にしまいこんだ。

「さあ、墓を掘るのを手伝え」父親は命じた。

穴を掘るのは、数時間かかった。森の土は固くて、石ころだらけだったからだ。

穴を掘るにつれ、イェナの恐怖はふくれあがっていった。野生の動物が怖いのではない。公爵の家来に見つかることでもない。イェナは、これがどういうことかまったくわからないのが、怖かった。

一日は終わりに近づき、闇がすぐそこまで迫ってきた。

「よし」ようやく父親が言った。「これだけ深く掘れば、じゅうぶんだろう。さあ、こいつを持ちあげるのを手伝え。やつがやせてちっぽけで、よかったよ。おまえは足を持て。おれは、肩を持ちあげるから」

イェナは死んだ人間の足に触りたくなかった。氷のようにひんやりしている。けれども、父親には逆らえなかった。

遺体を墓に横たえたまさにそのとき、血の凍るようなうなり声がした。小さな草地を囲むように茂っている草木のあいだから声が聞こえたのと同時に、若木を押しわけて巨大な灰色の獣がのっそりと出てきた。

「助けてくれ！　ワンブルック谷の巨大グマだ。逃げろ！　一口で食われちまうぞ。おまえはあっちへいけ。おれはこっちへいく。そうすりゃ、どっちを追えばいいかわからなくなるかもしれん。さあ、いけ！」

父親は袋をひっつかむと、一目散に逃げだした。

巨大なクマは足を止めると、迷うように左右を見た。

イェナは一歩も動かずに、小さな声でささやいた。

幽霊の妹たち、勇気をちょうだい
わたしに手を貸し、守ってちょうだい！

巨大なクマは全身をぶるっと震わせると、のしのしと草地に入ってきて、墓をのぞきこんだ。そして次の瞬間、嘆き悲しむようなうなり声を発した。強風にあおられた大枝がこすれあう音のようだった。そして、ガバと向きを変えると、父親が逃げていったほうへ向かって走りだした。

イェナは考えた。父さんを助けることはできない。お墓にちゃんと土をかぶせよう。この方のためにできるのは、せいぜいそれくらいだから。

そして、イェナは祖母がくれた、母親の編んだ草の首飾りを外した。指輪や剣を返すことはできないから、せめてこの首飾りを来世に持っていけば、こちらの世でよく思われていたと思ってもらえるだろう。

イェナは草を編んだ首飾りを外すと、お墓のかたわらにひざまずいて、死んだ男の首にかけてやろうとした。

ところが、墓の底に横たわっているはずの男がいないではないか！　代わりに、年輪の刻まれた灰色の巨大な丸太があった。五十年間ずっとそこにあったかのように。

イェナは震えながら、土をすくって穴にもどし、踏み固めた。

すべてすんで立ちあがると、小屋へもどるか、今すぐ森を抜ける危険な旅に出るか、考えた。あたりはすっかり闇に包まれていた。道がわかるだろうか。そもそもどこへ向かえばいいの？

失われた妹たちよ、わたしを導いて
幽霊の妹たちよ、わたしとともに歩いてちょうだい

すると、ひんやりとした二本の手が、霧でできているかのようなほっそりした指でイェナの手をやさしくつかみ、森の真ん中へ向かって導きはじめた。


次の日、ヴィンセント公の管理人が森番の小屋にくると、中は空っぽで冷えきっていた。火は消え、腹をすかした家畜たちが鳴き声をあげている。半マイルほど離れた森の小道で、森番のヒューが倒れているのが見つかった。巨大なオークの枝が落ちてきて、押しつぶされたらしい。死体の下から、枯葉の詰まった袋が出てきた。

そのあと、森番の娘を見た者はいなかった。

にぐるま城

Wheelbarrow Castle

コラムはそのとき、エイリーおばさんの部屋にいた。のぞき窓に目をやると、ヴァイキングの船が見えたのだ。三隻のガレー船が、タカのくちばしのように鋭く邪悪なへさきで行く手を切り裂き、かぎりなく濃い青の海を南に向かってやってくる。

冷たい手に胸をわしづかみにされたような恐怖に襲われた。

それもそのはずだ。そのむかし、コラムの両親はヴァイキングの侵略者たちに殺されたのだ。コラムはまだ幼くて、覚えていなかったけれど、エイリーおばさんから何度もそのときのことをきかされた。コラムを連れて海の洞窟《どうくつ》に隠れていたこと、ようやく侵略者たちが去ったあと、滅ぼされた町と悲しみだけが残されていたこと。潮が三回満ちてひくあいだ、少女と幼い少年は、どなり声や悲鳴、そしてものの燃えるにおいが消えるまで洞窟のなかでじっと息をひそめていた。

だが、それは何年もまえの話だ。今ではふたたびブドウや野菜が育ち、ほかの島々から牛やガチョウたちも運びこまれた。もう長いあいだ平和なときがつづき、ヴァイキングは一度も襲ってきていない。そのあいだに、コラムは背の高いたくましい少年に成長していた。ところがつい先週のこと、エイリーおばさんが毒のある青い魚に刺されて死んでしまった。もしかしたらこれまでヴァイキングが襲ってこなかったのは、おばさんの、そう、おばさんの魔法の力のおかげだったのかもしれない。というのも、エイリーおばさんは魔女だったのだ。城の上にあるブルーの壁に囲まれた小さな一室がおばさんの部屋で、薬草をすりつぶしては、ブツブツと呪文を唱えていた。けがを治したり、折れた骨をついだり、いろいろな病を癒《いや》すことができたのに、そうした力は自分には使えなかったようだ。

「あたしの魔法の道具のことはたのんだよ、コラム」死に際に、おばさんは浜辺に横たわったまま息もたえだえに言った。「たぶん今度はおまえが力を持つ番だろう。うまく使うんだよ！　町の人たちの面倒をよく見ておやり。目をひらいて、よく見るんだ。耳をすませて、よく聞くんだよ……」それから、長くて細い指を格子のようにからませ、目の上にかざして弱々しい声で言った。「お姉さん、お兄さん、待っていて！　今いくから！」

エイリーおばさんが日のあたる丘のブドウ畑に葬られたあと、コラムはおばさんの深いブルーの小部屋へいってみた。

島の人たちはみな、高みの都、もしくは、にぐるま城と呼ばれる場所で暮らしていた。にぐるま城は、はるかむかしにローマ人が丘の上に残していった古い巨大な城だった。城壁は頑丈で、かなりの厚さがあり、コラムのおじいさんとおばあさん、そのまたおじいさんとおばあさん、そしてそのまたおとうさんとおかあさんは、その城壁をくりぬいて、町を築いてきた。つまり、家や町の通りはすべて、古代ローマの砦の中に造られていたのだ。人々は、木のうろのミツバチのようにぬくぬくとおさまり、争いごともなく平和に暮らしていた。そして、エイリーおばさんは、城壁の高いところにある小さなブルーの台所を供えた一室で長いあいだ、町のまじない女であり見張り女の役を担ってきたのだ。

「そして、おまえもいつか、あたしのあとをつぐんだよ、コラム」おばさんは折に触れて甥にそう言っていた。

でも、コラムは頑として、ぼくは詩人になりたいんだと言い張った。

十歳になったとき、コラムはにぐるまを作った。海から流れついた丸太を使って丈夫な白い車輪を作り、荷物をのせる部分は柳の小枝を編んでこしらえ、難破したガレー船のマストを切ってとってにした。船は吹きすさぶ北風でバラバラになり、岸に打ちあげられたものだった。

このにぐるまを使って、コラムは暮らしを立てていた。「どなたの御用でも、どんなに重いものでも、どこへでも、お運びいたしまぁす！」というのが、コラムの売り文句だった。島の人たちは喜んでコラムを雇った。豚や穀物袋から、家を建てるための石や海で獲った魚まで、運ぶものはいくらでもある。重いものを持ちあげたり、にぐるまを押して島のあちこちを歩き回っているあいだ、コラムはつねに頭の中でせっせと詩を作って、曲をつけた。

荒々しい波よ、波よ、高くうねりをあげ
波は海に、魚は空へ
九番目の波よ、波よ、ぼくのもとへくるな
海の宮殿で、兄弟たちと笑っていろ
兄弟たちとほえるがいい、海の宮殿で

そして、粉屋の粉を運んだり、親方の魚網や、近所の人の豚や、舟の竜骨を運ぶときも、一人で歌っていた。

波の道がある、ここにも、あそこにも
風の道がある、空気を切りひらいて
やわらかい砂は、足跡を残さず
鮮やかに燃える炎は、跡形もなく消える
人間だけが鏡をのぞく

人間だけが、自分の顔を見るのだ

日が暮れると、エイリーおばさんは料理の煙越しにコラムの歌を聞きながら言ったものだ。

「はいはい、たしかにねえ。歌は歌われなきゃいけない。だけど、海のむこうから危険が南に向かってやってきたら、歌だけじゃ足りないからね」

そして今、おばさんの言葉どおり、実際に危険はやってきたのだ。けれど、コラムには迎え撃つ方法がわからなかった。

城の下は、ものすごい騒ぎになっている。鍬《くわ》で天井を壊されたアリの塚みたいだ。赤ん坊が泣き、母親が嘆き、男たちは武器を集めろとどなりあっている。しかし、今、にぐるま城に残っている男は二十人足らずで、しかも年寄りか、体の不自由な者か、病を患っている者だけだ。ほかの男たちはみな、潮に乗って漁に出ていたのだ。まだ数日は帰ってこられないだろう。

もどってきたとき、どうなっているだろう？

ぼくがなんとかするしかないんだ、とコラムは思った。でも、どうやって？ エイリーおばさん、助けて！

おばさんの深いブルーの部屋を見回した。木の器、枯葉、何ページもある魔法の本、人魚の宝箱から出てきたガラスの目、アザラシの毛皮のショール、聞き耳石。コラムの目は聞き耳石の上で留まった。エイリーおばさんが暗い冬の日に海岸に打ちあげられているのを見つけたものだ。石は、おばさんの耳にぴったりだった。
コラムは、石を耳に入れてみた。すると、石はささやきはじめた。

縦たて、横よこ、格子を作れ
格子のあいだからのぞいたときは
大きくなれ、大きくなれ！
短い指と、長い指
魂の広間の窓格子
長い指のあいだからのぞいたときは
小さくなれ！　小さくなれ！

そのささやきを聞いているうちに、コラムはほんの小さいころ、エイリーおばさんと潮溜まりのできた浜辺を散歩しながら、何度もした遊びを思い出した。
おばさんは両手を顔にあてて、指のあいだからコラムのことをのぞくように見る。そして、呪文を唱えるのだ。「小さくなれ！　小さくなれ！」

するとコラムは――そう、本当に――おばさんの命令どおり、小さくなる。ネズミよりも小さく、ハチやハマトビムシくらいに。浜辺に生えているアルメリアの花が、特大のにおい袋くらいになり、海藻《かいそう》はからみあった太いロープに、潮溜まりは巨大なラグーンに、砂粒が大きな岩くらいになる。

本当に起こったことだ。それも、何度も。ちゃんと覚えている。エイリーおばさんに指輪や、宝物や、小さな魔法の草を見つけてあげたっけ。夕方になって、家に帰る時間になると、おばさんはまた顔に手をあて、指を格子のように組んで、こう言った。

格子のあいだからのぞいたときは
大きくなれ、大きくなれ！

そして、コラムを元の大きさにもどしてくれた。

だけど、ぼくにもできるだろうか？　エイリーおばさんみたいに、ぼくのときもちゃんと魔法が働くだろうか？

コラムは、厚い城壁を嚙みとったような形の急ならせん階段を駆けおりた。外の通りに出ると、町の人たちがあわてふためいて、悲鳴をあげてぶつかりあい、走り回っている。女はメンドリを抱えこみ、丘から連れもどしてきた豚をひっぱたいている。年寄りの男たちは震える手で錆びた槍をとぎ、弓に弦を張った。

コラムは、階段の下に置いてあったにぐるまの柄を握ると、城門へ向かって押していった。

「おい、どこへいくんだ？」親方がさけんだ。嵐で腕を折ったので、漁の一行に加わらずに残っていたのだ。

「石を取りにいくんです。壁から投げるんだ」コラムはあえぎながら言った。

「石！　石なんかじゃ、北の悪魔どもには歯がたたん」親方はどなったが、すでにコラムは、パニックを起こしている町の人たちをかわしながら城門を出て、急な山道を跳ぶように降りていくところだった。道は、城の入り口からジグザグに曲がりくねりながら港までつづいている。今はもう、コラム以外、残っている者はいない。みんな、持てるだけの荷物を抱え、城門の中に逃げこんでいたのだ。

すると、コラムを呼ぶ声が聞こえた。

「コラム！　もどってこい！　城門をしめるぞ！　中へもどれ！」

コラムは四つ目のカーブを曲がると、足を止め、息を整えた。そして丘の下を見ると、ヴァイキング船はすでに次々港に入ってきていた。船から男たちがあふれるように出てくる。ひとつの船につき、少なくとも三十人は乗っているようだ。全員、鉄のかぶとをかぶり、がっしりした分厚い剣を持っている。春の白んだ太陽の光を受けて、剣がきらりと光った。勝ち誇ったような荒荒しい叫び声をあげ、男たちは岸へ突進した。
　コラムはふりむいて丘の上の城を見あげた。そして、手を顔に押し当てると、指のあいだから城を見てささやいた。

　短い指と、長い指
　魂の広間の窓格子
　小さくなれ！　小さくなれ！

　コラムは信じられない思いで目を見はり、うれしさでいっぱいになって、みるみる縮んでいく城を見つめた。城は中でおびえている人たちごと、どんどん小さくなって、すぐにアザラシくらいの大きさになり、そして羊くらいに、しまいにはサケくらいになった。運べるくらい小さくなると、コラムは丘を駆けあがって、ゆるんだ大岩みたいに地面から城をひっこぬき、にぐるまにのせた。そして、にぐるまを押して丘の反対側の斜面を駆けくだった。心臓が破裂しそうだ。それでも走りに走り、とうとう海岸までたどり着いた。はるばる略奪しにやってきた目的の場所が消え、なにもない丘だけが残っているのを見たヴァイキングたちが、どうするか知りたくてたまらなかったけれど、それを待つようなまねはしなかった。うしろを見ている暇などない。城とその中に住んでいる人間や動物たちの命は、コラムにかかっているのだ。コラムは海岸沿いを走り、ようやくエイリーおばさんがむかし自分を隠してくれた洞窟にたどり着いた。にぐるまを押して入り口から中へ入ると、奥へ奥へと進んでいく。この洞窟には何度もきていたので、曲がりくねったトンネルも、城の通路と同じくらい知り尽くしていた。

それからコラムは待った。潮が満ちてきたけれど、ここまで運べば、潮がいちばん高くなる大潮のときでも、城と中の住人までは届かないはずだ。

でも、本当にこの高さでじゅうぶんだろうか？　ここから天井が低くなるので、これ以上城を奥へ押しこむことはできなかった。あとは祈るだけだ。

九番目の波よ、波よ、ぼくのもとへくるな
兄弟たちと笑っていろ

潮が三回満ちてはまた引いていくあいだ、コラムは待った。そしてついに、思い切って外に出てみた。

ヴァイキングたちは、一箇所に長くはとどまらない。略奪した場所ですらそうなのだから、城が消えてしまった今、いつまでもここにいる理由はないはずだ。

意を決して、コラムはにぐるまを押して海岸までもどった。にぐるまは、ぎくりとするほど重く感じられた。洞窟に隠れていたあいだ、城の人たちがどうしていたのか、なにもわからなかったし、また元の大きさにもどせるかどうかも、心もとなかった。島にはおそろしい嵐が吹き荒れていた。波がヘビのようにシュウシュウと音をたてながらうずまき、風が竜のようにほえている。にぐるまを押してのろのろと坂を登っていくコラムの頬に、氷のような雪が切りつけ、腕は重みでひりひりした。心も重く、ひりひりと痛む。漁へいった男たちはどうしただろう？　あれはもう、何日もまえだ。今ごろどこにいるんだろう？

丘の頂上につくと、コラムは体を折り曲げてハアハアとあえいだ。それから気をひきしめ、城を中の住人ごとゆっくりと持ちあげた。生きているか死んでいるかはわからない。けれども、とにかくにぐるまから出して、城がもともと建っていた頂上のなにもない場所に置いた。それから、束ねた毛糸みたいに感じる足を動かして、わずかによろめきながら、四つ目の角までもどり、指を目の前で交差させて大きな声で呪文を唱えた。

格子のあいだからのぞいたときは
大きくなれ、大きくなれ、大きくなってくれ！

喜びとほっとする気持ちとがわきあがる。闇と飛び交う雪のむこうで、城がぐんぐんのびはじめたのだ。城はまるでオーブンに入れたパンみたいに膨らんで、さらにどんどん大きくなり、とうとうコラムの頭上にそびえたった。

それを見て、コラムは完全に力尽き、小道の脇のヒースのしげみに顔から倒れこんだ。そして気を失ったように日が昇るまでそうしていた。

目が覚め、はっと見あげると、城から町の人たちがふだんと同じように豚やガチョウを追いながら出てきた。ヴァイキングたちにめちゃめちゃにされたブドウ畑やハーブや野菜を見て、みんな嘆いたけれど、少なくともみんな生きていた。生きていたし、しぼんでも、縮んでも、おぼれても、殺されてもいない。いつもと変わらない人たちが、いつもと同じように仕事へと散っていった。

丘の下を見やると、港に漂流物が流れついていた。その中に、ヴァイキング船のカーブした船首があるのを、コラムは見つけた。沖へ目をやると、深いブルーの海のむこうから漁船の一団がもどってくるのが見えた……

漁師たちは城の家族の元へもどり、みんな喜び合ったが、同時に首をひねった。港は、ばらばらになったヴァイキング船の破片と戦士たちの死体でいっぱいだった。丸二日のあいだ、激しい北風に吹かれて海へ出ることができずに、港の防壁にたたきつけられたのだった。

「どうしてヴァイキングたちは丘の上までこなかったんだ？　どうして城を襲わなかったんだろう？」同じ質問が何度となくくりかえされたけれど、だれにも答えはわからなかった。妻や母親や年寄りや病人たちにわかるのは、三回潮が満ち引きするあいだ、大いなる闇が城を覆い、深い沈黙に支配されたということだけだ。まるで聖書に出てくる最後の審判の日のようだった。そう、洞窟に閉じこめられたみたいだった、と人々は言った。そのあいだ、だれも城を出なかったし、入ってくる者もいなかった。ヴァイキングの姿を見たり聞いたりした者もいなかったという。

「だが、ヴァイキングは城のすぐ外にいたはずだよ。ブドウ畑が荒らされ、生えたばかりの小麦が踏みにじられていたんだから」母親の一人が言った。

なにがあったか、語れる者はいなかった。ヴァイキングたちは一人残らず死んでしまったからだ。激しい北風に逆らって沖へ出ようとして、おぼれ死んでしまったのだった。

一方、コラムは秘密を胸に秘めたまま、にぐるまを押して、詩を作った。

やわらかい砂は、足跡を残さず
鮮やかに燃える炎は、跡形もなく消える

人間だけが鏡をのぞく
人間だけが、自分の顔を見るのだ

訳者あとがき

ジョーン・エイキンは一九二四年にイギリスのイースト・サセックス州で生まれた。早くから書くことに目覚め、十六歳のときにはすでに長編を完成させていたという。ピューリッツァー賞受賞の詩人コンラッド・エイキンを父親に持つことを考えれば、不思議はないかもしれない。ジャーナリストの夫ロナルド・ジョージ・ブラウンが結婚十年目に亡くなってほどなく、エイキンは作家としての本格的なキャリアをスタートさせる。ジェームズ二世のイギリス革命の時代を舞台にしながら、架空の地理や出来事をふんだんに取り入れた歴史改変物〈おおかみ年代記〉シリーズ、少女とカラスの起こす騒動を面白おかしく描いた〈アラベルとモーチマー〉シリーズをはじめ、大人向けのホラーストーリーや、ファンタジー短編集、詩、戯曲と、生涯にわたって百冊以上の本を出版した。一九六九年にはガーディアン賞、一九七二年にはエドガー賞を受賞している。

今回、このあとがきを書くにあたって改めて調べたところ、エイキンが亡くなったのはつい先日だったような気がしていたのに、もう一六年も経っていることに気づいて、寂しくなってしまった。子どものころ、『ウィロビー・チェースのオオカミ』や『ナンタケットの夜鳥』といった〈おおかみ年代記〉（当時は、十二冊あるうちの一部しか出ていなかったが、現在は新たにこだまともこ訳で〈ダイドーの冒険〉シリーズ（冨山房）として刊行中）や、毎回不思議な事件に見舞われるアーミテージ一家の物語『とんでもない月曜日』などを愛読していたから、大人になってから、エイキンがまだ存命で、次々作品を発表していることを知って、うれしい驚きを感じたのを覚えている。子どものときは、外国の「えらい」作家というのは、もう死んだ人だと思っていたせいかもしれないし、作品が歴史物だったりフェアリーテール調だったりしたためかもしれない。

だから、二〇〇四年にエイキンが亡くなったときには、もうこれで新しい作品が読めなくなるのだと、悲しくてたまらなかった。その後、エイキンが七〇歳の誕生日の記念に気に入っている短編を集めて編んだ〈A Handful of Gold〉（『心の宝箱にしまう15のファンタジー』竹書房　のちに『ひとにぎりの黄金』として文庫化）の存在を知り、子どものころからの憧れの作家の作品を訳すという幸運に恵まれた。

よく言われるが、翻訳は精読の作業でもある。エイキンの文章を繰り返し読むうちに、一行として無駄のないこと、一見平易な表現にユーモアや遊びや批判や哲学がこめられていること、また、独特な比喩や、自由奔放な想像力など、書き手としてのエイキンの力量にすっかり惚れこんでしまった。

先ほど、フェアリーテール「調」と書いたが、エイキンはしばしばフェアリーテールの語り口を用いて、現代を舞台とした物語を描く。本短編集も、フェアリーテールの雰囲気を持ちながらも、設定自体は現代の作品がほとんどだ。魔法や不思議な出来事が起こり、おとぎ話の味わいたっぷりだが、実は、スーパーのチェーン店、警備システム、土地開発、観光事業、相続といった、俗物的と言ってもいいような設定やテーマがそこここに顔を出す。ここできらりと光るのが、エイキンの批判精神だ。日本のマーケティング市場でも「バームキン」はたくさん見つかりそうだし、「代理の弁護士は？」とさけぶ相続人もごまんといそうだ。警備システムを取りつける家も、その音に文句をつける隣人も、ペットを巡る近所同士の裁判も、めずらしい光景ではない。森の宅地開発を巡る世代間の対立などという、ごく現代的な問題まで登場する。

そんな、世知辛いとも言える話を子ども向けに描くのか？　と思われる向きもあるかもしれない。エイキンは『子どもの本の書きかた』というエッセイ集の中でこう言っている。

作家の任務とは、子どもたちにむかって、この世界は単純な場所ではないことを示すことだといえるでしょう。単純だなどとはとんでもない。この世界は途方もなく豊かで、奇妙で、混乱しており、すばらしいと同時に残酷で、神秘的で美しく、説明しがたい謎なのです。（略）自分がどこからやってきたのか、どこへ行くのかを私たちは知りません。私たちはどれほどつとめてみてもぼんやりとしか理解できない幾重にも重なった意味にとりかこまれているのです。

そしてこのような事実を告げられる方が、子どもたちにとってはどれほど楽しいかわかりません。（猪熊葉子訳　晶文社）

J・R・R・トールキンは、「子ども向けにレベルを下げて書くようなことをしてはならない」と言った。子どもは確かに、知識は大人より少ないだろうし、意見や感想を言語化するのも得意ではないかもしれない。でも、だからといって、「この世界は単純」などと、決して思っていないのだ。

エイキンの物語が、子どもはもちろん、大人が読んでも味わい深いのは、彼女が決して「レベルを下げて書く」ような真似をしていないからだと思う。

エイキンは「自分がどこからやってきたのか、どこへ行くのかを私たちは知りません」と書いているが、この『月のケーキ』が彼女の晩年に編まれたことを考えると、より心に染み入るものがある。ここに集められた物語のいくつかに、死の気配が漂っていることを感じた方もいるだろう。「緑のアーチ」のように美しい余韻を残すもの、「羽根のしおり」のように残された者の心情に寄り添うもの、「森の王さま」に描かれる亡くなった肉親への憧憬。なかでも、筆者は「オユをかけよう!」のマンデーおばあちゃんが大好きだ。物語はおばあちゃんが亡くなったあとから始まるから、もちろん、おばあちゃんが直接登場することはない。けれど、仲良しの孫にしょっちゅうからかわれていたマンデーおばあちゃんは、この壮大なしかえしを綿密に計画していたのだろうと想像せずにはいられない。オウムにセリフを教えこみ、ティーバッグからマジックフラワーにいたるまで「オユをかける」品々を集め、そして、最後の仕掛けとなるこおりんしゃを用意する。おばあちゃんが、結末を想像してはクスクス笑っているようすが目に浮かぶようだ。きっと孫のポールの中には、いつまでも楽しいおばあちゃんとの思い出が生き続けるだろう――エイキンの作品がいつまでもわたしたちの中で生き続けるように。

最後に、編集の小林甘奈さんに心からの感謝を! みなさまがどうかエイキンの珠玉の短編集を楽しんでくださいますように。

本作未収録のMilo's New Worldは『ゾウになった赤ちゃん――アーミテージ一家のお話3』（岩波少年文庫）に収録されています。

MOON CAKE AND OTHER STORIES
[not including the story "Milo's New World"]
by Joan Aiken
Copyright © 1998 by Joan Aiken Enterprises, Ltd.
This book is published in Japan
by TOKYO SOGENSHA Co., Ltd.
Published by arrangement with the author,
c/o Brandt & Hochman Literary Agents, Inc., New York, U.S.A.
through Tuttle-Mori Agency, Tokyo. All rights reserved.

月のケーキ

著　者　ジョーン・エイキン
訳　者　三辺律子

2020年4月10日　初版

発行者　渋谷健太郎
発行所　(株)東京創元社
〒162-0814　東京都新宿区新小川町1-5
電話　03-3268-8231（代）
URL　http://www.tsogen.co.jp
装画・挿絵　さかたきよこ
装　幀　岡本歌織（next door design）
印　刷　フォレスト
製　本　加藤製本

乱丁・落丁本は、ご面倒ですが小社までご送付ください。
送料小社負担にてお取替えいたします。

2020 Printed in Japan © Ritsuko Sambe
ISBN978-4-488-01099-7 C0097

カーネギー賞受賞作！

Where the World Ends

世界のはての少年

Geraldine McCaughrean

ジェラルディン・マコックラン

杉田七重＝訳

四六判上製

子供９人大人３人を乗せた船が、スコットランドのヒルダ島から無人島へと出帆した。孤島で海鳥を獲る旅が少年達にとっては、大人への通過儀礼なのだ。だが約束の２週間が経っても迎えの船は姿を現さない。この島から出られないのではないかと不安がつのり、皆の心を蝕み始める。そんななか年長の少年クイリアムは希望を捨てることなく仲間を励まし、生き延びるために、そしてもう一度愛する人に会うために闘う。そして……。『不思議を売る男』の著者が実際の事件をもとに描いた勇気と成長の物語。